講談社文庫

門前仲町

九頭竜覚山　浮世綴(一)

荒崎一海

講談社

目次

『門前仲町　九頭竜覚山　浮世綴（一）』——おもな登場人物

九頭竜覚山《くずりゅうかくざん》　総髪の浪人。団栗眼《どんぐりまなこ》と団子鼻《だんごばな》。兵学者。

よね　元深川《ふかがわ》一の売れっ子芸者米吉《よねきち》。覚山の押しかけ女房。

長兵衛《ちょうべえ》　永代寺門前仲町《えいたいじもんぜんなかちょう》の料理茶屋万松亭《ばんしょうてい》の主《あるじ》。覚山の世話役。

柴田《しばた》喜《き》平次《へいじ》　北町奉行所の定町廻り。

弥助《やすけ》　喜平次の御用聞き。女房のきよが居酒屋〝笹竹《ささたけ》〟をいとなむ。

松吉《まつきち》　門前山本町《やまもとちょう》の船宿有川《ありかわ》の船頭。

長吉《ちょうきち》　長兵衛の嫡男。

理左衛門《りざえもん》　料理茶屋青柳《あおやぎ》の主。

山形屋《やまがたや》五郎兵衛《ごろべえ》　深川伊沢町《いざわちょう》の太物《ふともの》問屋の主。

房次《ふさじ》　五郎兵衛が贔屓《ひいき》にした芸者。

小糸《こいと》　山谷《さんや》堀の芸者。

蓑助《みのすけ》　浅草の屋根船持ち船頭。

松平出羽守治郷《まつだいらでわのかみはるさと》　松江松平家七代目城主。粋人。隠居後に不昧《ふまい》と号する。

九頭竜覚山《くずりゅうかくざん》　浮世綴《うきよつづり》　一

門前仲町《もんぜんなかちょう》

第一章　用心棒

一

「おちつかれよ。血迷うてはならぬ」

「おちついてます。血迷いません」

「待て。待たれよ」

「いいえ、待ちません」

「いや、とにかく、まず、よくよく話しあって。こちらにも、心の準備というものがだな」

「なにを小娘みたいなことを。ええい、じれったい」

……………。

「わっ。いきなりなにをする。これ、無体《むたい》な」

「むたいではありません。お慕いしているだけです」

「それはありがたいが、ものごとには順序というものが……あっ、これ、そのようなところに手をいれては……こそばゆい……うぃひっひっひっ」

「んもう、うるさい」

ドタッ、バタッ、バタ。

「はっ、はっ、はっ……息ができぬではないか」

「息は鼻ですればいいの。ほんとうにさわがしい人」

「うぐっ」

寛政《かんせい》九年（一七九七）初春一月九日。

上方《かみがた》は十四日か十五日までを松の内というが、江戸は七草粥《ななくさがゆ》を食する七日までだ。翌八日、在府の諸大名は、上野《うえの》寛永寺《かんえいじ》の東照宮《とうしょうぐう》に参拝しなければならない。これをつつがなくすませれば、年始行事のあわただしさから一息つく。

出雲《いずも》の国松江《まつえ》藩十八万六千石松平《まつだいら》家の上屋敷は赤坂《あかさか》御門内にある。広さは一万二百二十五坪。御門をはさんで、紀州《きしゅう》徳川家五十五万五千石の上屋敷がある。こちらの広さは、二万四千五百坪余。

松江松平家の城主は、七代目出羽守治郷《でわのかみはるさと》、この年四十七歳。藩財政をたてなおした名君だが、文化《ぶんか》三年（一八〇六）に隠居して不昧《ふまい》と号した茶人として名高い。諸侯きっての粋人《すいじん》である。

九日朝、深川《ふかがわ》の永代寺門前仲町《えいたいじもんぜんなかちょう》にある料理茶屋万松亭《ばんしょうてい》の主長兵衛《ちょうべえ》が、年賀におとずれた。

長兵衛は四十八歳。茶をたしなみ、万松亭にはちいさな枯山水《かれさんすい》の庭と茶室がある。それがため、治郷はひいきにしていた。

大名家の領地による家格は、本国持《ほんくにもち》と大身《たいしん》国持とが国主《こくしゅ》で、以下、準《じゅん》国主、城主、準城主、陣屋とつづく。

仙台伊達《せんだいだて》家六十二万五千六百石は、加賀前田《かがまえだ》家百二万石、鹿児島島津《かごしましまづ》家七十二万石（七十七万石とする資料もある）につぐ石高だが、陸奥《むつ》の国が大きすぎて一国まるごとではないので大身国持である。陣屋は、一万石余の城をもてない大名家だ。

松江松平家も、大身国持大名家である。家康次男の結城秀康《ゆうきひでやす》を始祖とする名門親藩の越前《えちぜん》松平家一族で、極官《ごっかん》も少将と高位につく。

にもかかわらず、あるいはであるがゆえに、治郷は偉ぶるところのない気さくな人柄であった。ほんらいであれば家臣をとおさねばならぬ応答も、じかのうけこたえを許した。そのため、書院にいるのは小姓《こしょう》ひとりのみであった。

長兵衛は、新年の挨拶《あいさつ》を述べ、ほほえんだ。

「お殿さま、もうひとつ、めでたきことがございます。先生が祝言をあげられました」

治郷が眉《まゆ》をひそめる。

「先生とは」

「九頭竜《くずりゅう》先生にございます」

治郷が眼をみはる。

「まさかと思うたが、あの覚山《かくざん》が祝言だと。よもや狐狸《こり》のたぐいにたぶらかされたのではあるまいな。あいてはまちがいなく女か」

「はい。ごぞんじの米吉《よねきち》にございます」

治郷が眼をつりあげた。

「覚山が米吉を口説きおとしたと申すか。天変地異《てんぺんちい》がなければよいがな。いやはや、正月早々、驚いたぞ」

「それがその、米吉のほうが、つまりその、なんでございます、お殿さま、できますれば、お人払いを」

治郷が、顔をめぐらした。

「さがっておれ」

小姓が、低頭し、袱紗《ふくさ》でにぎっていた刀を刀掛けにおいて退室した。

治郷が顔をもどす。

「米吉のほうが覚山をだと。ふむ、おもしろそうだな。聞かせてくれ」

「申しあげます」

元日の朝、覚山がやってきた。

覚山は裏の長屋に住んでいて三度の食を万松亭でとる。元旦であり、寝過ごしたのであろうと、長兵衛は思った。

妓楼《ぎろう》や料理茶屋などで亭主《ていしゅ》と女将《おかみ》がいて勘定などをする部屋を内所《ないしょ》という。長火鉢《ながひばち》をはさんで膝《ひざ》をおった覚山に新年の挨拶をしようとすると、困惑の表情で相談したきことがあるという。長火鉢の猫板《ねこいた》をまえにした女房のこうが、小首をかしげぎみに覚山を見ている。

ではあちらへまいりましょう、と長兵衛は腰をあげた。

覚山は用心棒で、長兵衛は雇い主である。しかし、身分は武士である覚山のほうがうえだ。しかも、用心棒にでもつかってくれと治郷にたのまれてあずかっている。

長兵衛は、庭にめんした小部屋へ行き、上座をしめして正面に膝をおった。

座についた覚山が、畳に眼をおとした。

しばらく待ち、長兵衛はうながした。

――先生、いかがなさいました。よほどにお困りのごようすですが、手前でお役にたつのでしたら、なんなりとおっしゃってください。

覚山が顔をあげた。

――じつは……じつはな、恥ずかしながら、拙者《せつしゃ》も男でござる、かくなるうえは、きちんと、そのう、つまり、筋をとおしたいと思う。

――いっこうに要領をえませんが、どういうことでございましょう。

浅黒い覚山が、首まで赭《あか》くした。

――ええ、昨夜《さくや》、いや、今朝まで、米吉どのがいっしょでござった。つまりは、そういうことでござる。こうなってしまったからには、きちんと妻《さい》としてむかえるべきだとぞんずる。

「……米吉も素人《しろうと》の生娘《きむすめ》ではございません。ひと晩ともにすごしたからといって、いきなり嫁にむかえるというのもあるまいとぞんじますが、いろいろうかがいましたところ、どうやら米吉のほうが先生をおしたおしたようにございます。つい、我を失い、不覚であった、とおっしゃっておられました」

治郷が首をひねる。

「男が女をおしたおすを、てごめと申すのであろう。女が男をおしたおすも、やはりてごめと申すのか」

「さあ、どうでございましょう。手前も、このようなことは、聞いたことがございませんので」

「さもあろう。予《よ》も、おしたおされたことなどない。おしたおしてもよいぞと申しても、やってくれまい。覚山め、うらやましき奴だ。で、どうなったのだ」

「お殿さま、いまになって思いまするに、米吉はどうやらはなからそのつもりでおったようにございます」

米吉は十七歳で見習芸者になった。ととのった顔立ちではあったが、とびぬけて縹《き》緻《りょう》よしというわけではなかった。

二十歳《はたち》をすぎ、ひいきにする客もおり、色恋の噂《うわさ》もあった。だが、そのころの米吉を、長兵衛はほとんど憶《おぼ》えていない。大勢いる芸者のひとりにすぎなかった。ところが、二十五歳をすぎたあたりから、めだって綺麗《きれい》になっていった。

たまにだが、そういう女がいる。いわゆる遅咲きである。当然のごとく、落籍《ひき》たいとの話がもちあがるようになった。だが、米吉がことごとく断った。

歳をかさねるほどに、ますます美しく、若くさえなっていくようであった。やっかみから〝化け物〟と陰口をたたく者もいた。いつしか、深川一の売れっ子芸者になった。

昨年の仲冬十一月中旬、米吉が、永代寺門前山本町《やまもとちょう》から万松亭の裏手にある路地をはさんだ二階建て一軒家に越してきた。門前仲町と門前山本町とは掘割をへだてたとなり町である。

引越の挨拶にきた米吉が、年が明ければ三十になるので、いつまでも芸者をつづけているわけにもいかないし、すこしずつでも三味線と踊りを教えていきたいと言った。長兵衛はもっともだと思った。

覚山にたのまれた長兵衛は、米吉をたずねた。

米吉は予期していたようであった。昨夜《ゆうべ》か今朝かは知らないが、覚山に言われたのではなく言わせたのであろうと、長兵衛は得心した。というのも、米吉が、いくらか頰《ほお》を染め、それでもすぐさま、よろしくお願いします、と頭をさげたからだ。

所帯をもつとなると、どうしたって六畳一間しかない覚山のほうが米吉の住まいに移ることになる。

そういうことだったのか、と長兵衛は思った。それがための引越だったのだ。

辰巳《たつみ》芸者でも姐《ねえ》さんと呼ばれている米吉にかかれば、堅物《かたぶつ》の覚山など、俎板《まないた》の鯉《こい》、蛇《へび》に睨《にら》まれた蛙《かえる》である。

長兵衛も料理茶屋の主《あるじ》である、おくびにもださず、ならば、まあ、早いほうがよかろう、と言った。

さっそくにも米吉が挨拶まわりをはじめ、五日の夕刻に米吉の住まいで祝言をあげた。

「……米吉のじつの名はよねと申します。六日からは三食ともおよねの手料理をめしあがっておられます。妻《つま》を娶《めと》るのもなかなかによきものなのだそうにございます。それを、真顔でおっしゃいます。ほかの者でしたら皮肉やからかいのひとつも言いたくなりますが、なにしろ先生はいささか浮世離れしておりますので」

「うむ。庄屋より聞いたが、村の後家《ごけ》が夜這《よば》いをかけると、覚山めは裸足《はだし》で山へ逃げよったそうな。米吉が、はじめての女であろう」

「どうりで」

「したが、考えてみれば、解《げ》せぬ。村の後家は一再《いっさい》ならず覚山に逃げられたそうだが、まあ、世間には物好きな女もおろうゆえ、それはそれでよい。だがな、米吉は、何年かまえに千両箱をつんでもとの話があったとそのほうから聞いたぞ。三十路《みそじ》になったにしろ、あいてにこまるわけではあるまい」

「それが、先生は、芸者衆になかなか人気がありまして、米吉姐さんに横取りされたと悔しがっております。芸者衆に言わせれば、先生はかわゆいところが……」

「カワユイ」

治郷の声が裏返った。

「あのつくりそこねた蝦蟇《がまがえる》がごとき無骨《ぶこつ》な面構《つらがま》えのどこがかわゆいのだ」

治郷が、大仰《おおぎょう》に首をふった。

「……まあよい。たとえおしたおされてであったにしろ、めでたく男になったとあらば、祝ってやらねばなるまい。夕刻までにはまいると、両名につたえよ。ひさしぶりだ、そのあと、万松亭で一献《いっこん》かたむけるとしよう」

「ありがとうございます。お待ちいたしております。手前は、これにて失礼させていただきます」

長兵衛は、畳に両手をつき、ふかぶかと低頭した。

松江松平家の参勤交代は初夏四月だ。昨年の仲夏五月中旬、治郷が覚山をともなってきた。

治郷によれば、家臣ではなく、学問の師のようなもので、剣の遣い手でもあるという。里山《さとやま》で暮らしていたが江戸暮らしをさせてみたい、用心棒でもなんでもよい、めんどうをみてくれとたのまれた。

覚山は年が明けて三十三歳になった。身の丈は五尺七寸（約一七一センチメートル）で、かくばった顔つき躰《からだ》つきをしている。それでいて、まるでいかめしくない。団栗眼《どんぐりまなこ》と団子鼻《だんごばな》のせいだ。

いったいどのような学問をしているのか訊《き》くと、泰平の世では無用の長物でござるとこたえた。それでもあえて問うと、兵学《へいがく》を少々との返事であった。

軍学兵法《ぐんがくひょうほう》のことと思うやもしれぬがちがうのであって、と覚山が説明をはじめたが、長兵衛には念仏よりもちんぷんかんぷんであった。いらい、その件にさわるのはやめた。

剣のほうは、家伝の水形流《すいぎょう》だという。これも、長兵衛は話半分に聞いた。

ところが、ひと月あまりがたった晩夏六月下旬、船頭たちと駕籠《かご》舁《かき》たちの喧嘩《けんか》があった。

四間半（約八・一メートル）幅の入堀と四間（約七・二メートル）の通りとをはさ

んで、西岸に門前仲町が、東岸に門前山本町がある。両岸とも、堀ばたには柳と朱塗りの常夜灯とが交互にあり、月や星のない闇夜でもあかるい。婀娜《あだ》な芸者がゆきかう花柳《かりゅう》の巷《ちまた》であり、花街《かがい》である。

栈橋には屋根船や猪牙舟《ちょきぶね》が、堀ばたには辻駕籠がならんでいる。

宵《よい》にはいったばかりのころ、万松亭からほろ酔いかげんで通りにでた客に、船頭と駕籠舁が声をかけた。上機嫌な客が、吉原《よしわら》まで行きたいんだが舟でも駕籠でもかまわないからそっちできめてくれと言った。

門前仲町から浅草《あさくさ》はずれの吉原までは一里半（約六キロメートル）ほどもある。上客である。船頭と駕籠舁とが、どっちがさきに声をかけたといがみあいをはじめた。

客への応対は女将がする。顔色を変えたこうが土間へ駆けこんできた。表では怒鳴り声がした。内所をでて、こうから船頭と駕籠舁とが喧嘩になりそうだと聞いた長兵衛は、覚山を呼びにいった。

たいがいは書見をしている覚山が、部屋からでてきた。腰には脇差のみで、右手に擂粉木《すりこぎ》をにぎっていた。

長兵衛は、団栗眼と擂粉木とを交互に見た。

覚山が、喧嘩であろう、これでじゅうぶん、と言った。

長兵衛はついていった。

通りでは二十人ちかい男たちが小競りあいをはじめていた。

むぞうさにちかづいていった覚山が、船頭や駕籠舁たちの頭を、いきなり擂粉木で叩《たた》きはじめた。ポカポカポカポカと、木魚《もくぎょ》でも叩いているかのような音がした。

船頭と駕籠舁が、あっけにとられ、怒った。

――このどさんぴん。

いっせいにかかっていく。

駕籠舁の息杖《いきづえ》をはじき、船頭の握り拳をはらって、額をポカポカポカ。遊んでいるかのように、ポカポカポカ。

船頭や駕籠舁が、額に両手をあてて、つぎつぎとうずくまる。

覚山が、するどい声を発した。

――つぎはたんこぶだけではすまぬぞ。手を折り、指を砕いてもかまわぬならかかってまいれ。

ゆっくりと顔をめぐらして睨みつける。

――役人がこぬうちに双方とも退《ひ》くがよい。

激昂《げっこう》していた男たちが、潮がひくように散っていった。

その夜のうちに、かいわいでは〝万松亭の先生〟〝播粉木先生〟と噂されるようになった。数日とたたぬうちに名が知れわたり、〝九頭竜先生〟〝覚山先生〟になった。

二

覚山は、おちつかなかった。

泰平の世がつづき、いずこの大名家も参勤交代などで内証《ないしょう》は苦しく、高名《こうめい》であるか、僥倖《ぎょうこう》にめぐまれるのでもなければ、仕官はむずかしかった。

おもに書物をつめた背負《せお》い櫃《びつ》の重さにたえながら、安住の地をもとめて旅をさすらっていた父が、行《ゆ》き倒れ、庄屋に助けられた。庄屋屋敷で病《やまい》を癒《いや》すうちに、めんどうをみてくれていた出戻り娘となるようになって十月十日がたち、覚山が生まれた。

庄屋が里山に建てた家で親子三人で暮らしていたが、母は覚山が六歳の夏に病で亡くなった。覚山は、父にきびしく育てられた。剣と学問、父の教えは容赦がなかった。

十歳からは弓を手に父とともに猟《りょう》にでた。熊《くま》、鹿《しか》、猪《いのしし》、狸《たぬき》、狐《きつね》、兎《うさぎ》。殺生《せっしょう》を戒《いまし》める仏法により、たてまえでは牛や豚をふくめて獣肉《けものにく》は食《しょく》さない。しかし、薬食《くすりぐ》いと称して食《た》べていた。獣は皮もつかえるので高く売れる。

さらには、里山は木の枝をおとしたり、間引きしないとならない。それらを、薪《まき》にする。村の男たちとの力仕事であり、繁農期《はんのう》には田畑《たはた》もてつだう。さすれば、手間賃がわりに作物がもらえる。

村は助けあって生きている。拒めば、暮らしていけない。掟《おきて》を破れば、葬儀と火事とをのぞいていっさいの交際を断つ村八分に遭う。

――武士であるからには、剣と学問とをないがしろにしてはならぬ。しかし、人は食わねば死ぬ。食うために汗水《あせみず》流すを厭《いと》うてはならぬ。よいな。

父の教えであった。

二十六歳の冬、父が他界した。

父は昔を語らなかった。親戚がいるのかさえ知らない。父が遺《のこ》した書物をくり返して熟読し、請われて読み書きを教え、世に出るをあきらめ、村での暮らしが運命《さだめ》であろうとおのれに言いきかせた。

二十九歳の初秋七月、城よりお召しがあった。野駆けでたちよった城主より下問があったと、母の弟であり、覚山にとっては叔父にあたる庄屋から聞いていた。父もそうであったが、覚山も近郊では学問の先生と呼ばれていた。

登城した覚山は、問われるままに家学が兵学であるむねを言上《ごんじょう》し、軍学と兵学とのちがいを述べた。

楠木流《くすのき》、甲州流《こうしゅう》、北条流《ほうじょう》などの軍学は、軍《いくさ》の仕様《しよう》を説く。現在《いま》ふうにいえば戦術論である。

江戸初期の山鹿素行《やまがそこう》にはじまる兵学は、治国平天下《ちこくへいてんか》を説く。戦国期の戦術の体系化から平時における兵の統制まで、儒《じゅ》学をもとりいれ政《まつりごと》の要諦《ようてい》をみすえた戦略論である。

仕官をもとめられた。父なら喜んだであろう。しかし覚山は、礼儀作法を知らぬ山育ちゆえと固辞した。すると、年に十二両を下賜《かし》するゆえ、使いがあれば登城するよう申しつかった。覚山は、文庫（書物蔵）への出入りをお許しいただけますならばとうけた。

城の文庫は、覚山にとっては宝の山であった。村での仕事の暇をみつけては、握り飯や蒸《ふか》し芋《いも》を弁当に城へかよった。

書物蔵の管理は、年に一度の虫干しのほかはほとんどやることがない。閑職のきわみだったのが、覚山のせいでにわかに忙しくなった。

他見を許されない書物もあり、そのつど伺いをたてなければならない。係の者は、ぼやきながらも嬉しそうであり、覚山が弁当をつかっているとお茶をもってきたりした。

治郷に江戸へまいらぬかと誘われたとき、覚山はできうれば断りたいと思った。しかし、江戸屋敷の文庫のほうが国もとよりも書物がそろっておると言われ、ころりと気がかわった。

江戸は、めまぐるしいほどにあわただしいところであった。ようやくそれにも慣れ、上屋敷の文庫へかようのが楽しくなりだしたところで年が明け、どういうわけか、あれよあれよというまに、気がつけば、妻ができていた。

女は、摩訶不思議《まかふしぎ》、奇怪至極《きつかいしごく》な生き物だと思う。ともに暮らしはじめて三日にして、わずらわしくも思い、いとおしくも思い、独りであったころをなつかしく思い、だからといっていなくなればすこぶるせつなくなるであろうと思う。

祝言をあげてから、怒られてばかりいる。米吉どの、と言って、もう米吉ではありません、よねです、と言われ、しからばよねどの、と言うと、自分の女房にどのをつける人がありますかとつむじをまげられ、およね、でようやくほほえんでもらえた。

ていねいに応対すれば他人行儀だとむくれられ、ぞんざいにすれば冷たいとすねる。生身の女は学問や剣のようにはゆかぬと長兵衛に言うと、そうですかとこちらも冷たい。

その長兵衛が顔をみせ、お殿さまがお祝いにまいられます、と言った。肩が凝る正月の行事を終えて万松亭へ息抜きにくるついでであろうと、覚山は思った。

ところが、よねが狼狽《ろうばい》した。掃除と着替えと化粧とを同時にはじめた。覚山も着替えさせられ、しだいにおちつかない気分になった。

昼八ツ半（春分時間、三時）ごろ、長兵衛が治郷を案内してきた。

覚山は、よねが稽古《けいこ》につかっている十畳間の上座をすすめ、下座正面に膝をおった。よねが斜めうしろにひかえる。治郷の左斜めよこに、脇に袱紗をかぶせた三方《さんぼう》をおいた供侍がいる。

長兵衛はあがらずにもどった。供侍も一名だけだ。路地はせまい。ほかの者は乗物（武家駕籠）とともに万松亭まえの堀ばたあたりにひかえているのであろう。

覚山は、畳に両手をついた。

「殿、ご来駕《らいが》をたまわり、恐悦至極にぞんじあげまする」

「しのびじゃ、かしこまらずともよい。両名とも面《おもて》をあげよ」

覚山はなおった。

治郷がまじまじと見つめている。

「殿、なにか」

「いや、なんでもない」

治郷が、よねに眼をやる。

「米吉、いや、よねであったな、およね、でかした」

覚山は、ちらっとよねをふり返った。

三つ指をつき、ふかく頭《こうべ》をたれるところであった。抜衣《ぬきえ》紋《もん》で見えるうなじから盆の窪のさきまで赭くなっている。

覚山は顔をもどした。

治郷がほほえんでいる。

「不服そうだな」

「もともとこのような顔にござりまする」

治郷の口端《こうたん》から笑みがこぼれる。

「そちは果報者ぞ。よねをだいじにしてやれ。予からの祝いじゃ」

供侍が、両手で三方をもって腰をあげ、膝のまえにおいてさがった。

覚山は、畳に両手をつき、言上した。

「殿、わざわざおはこびいただきましたうえに祝いの品までたまわり、ありがたき幸せにござりまする」

低頭してなおる。

「覚山、一献つきあえ」

「お供つかまつりまする」

覚山は、治郷のあとにしたがった。供侍がつづく。

さきに十畳間をでたよねが、沓脱石《くつぬぎいし》の草履《ぞうり》をそろえ、戸口の格子戸をあけた。

治郷が万松亭にいたのは半刻（一時間）ほどであった。治郷はあまり飲まない。覚山もたしなむていどだ。

覚山は、長兵衛とこう、芸者たちとともに表で見送り、住まいにもどった。

三方のまえで膝をおり、よねによこをしめした。よねがわずかにさがってひざまずく。

膝に両手をおいてかるく低頭してから、覆いの袱紗をとった。

大判（七両二分）一枚と祝い袋があった。白に紅《あか》をのぞかせた紙包みには日本橋越《えち》後《ご》屋（現在の三越）の男用と女用の仕立券があった。

よねが笑みをこぼす。

覚山は言った。

「手文庫にしまっておきなさい」

「あい」

一階には、十畳間のほかに、居間につかっている六畳間と、板間と土間とで八畳ほどの厨《くりや》がある。二階は、六畳が二間だ。かたほうを寝所にしている。

朝五ツ（八時）まえから朝四ツ（十時）すぎまでの一刻（二時間）余、よねが門前山本町に住んでいたころから雇っている裏長屋の女房てつが掃除や洗いものをしにかよってくる。

夕刻に祝言をひかえた五日の朝、長兵衛がやってきた。

それまで、用心棒代として月に二朱銀三枚をもらっていた。

二朱銀は二朱金とほぼ等価であり、二朱金八枚で一両だ。

武家は金をつかうが、庶民は銀である。一人前の大工の稼ぎが金換算で月に二両見当。一両の公定相場が銀で六十匁《もんめ》だが、変動相場である。

ちなみに、この時代で、一両が銀六十二、三匁、銭六千四百文《もん》前後で推移している。当時の二八蕎麦《そば》と現在の立食い蕎麦とを等価として計算すれば、金銭感覚としての一両はおおよそ十五万円くらいになる。

覚山は、松江松平家から半期ごとに六両ずつの手当がある。食と住まいも万松亭持ちであり、下働きの老婆が掃除と洗濯もしてくれる。灯油のほかに、茶を飲むために湯を沸かす薪や冬場の炭《すみ》まで万松亭持ちなので、買うのは後架《こうか》（便所）でつかう浅草紙《あさくさがみ》くらいであった。

長兵衛が言うには、米吉は芸者をやめても三味《しゃみ》と踊りとを教えるのでそこそこの稼ぎになる。

――先生も一家の主になられるからには、これまでどおりというわけにもまいりません。それで、掘割にめんした表店《おもてだな》の主たちと相談し、先生に通りの用心棒になっていただいてはどうかということになりました。手前は、仲町通りのみのつもりでおりましたが、山本町が聞きつけ、山本町の入堀通りもと申しております。

暮六ツ（日の入、六時）と夜五ツ（八時）の鐘のあとはひけどきで諍《いさか》いがおきやすいので、猪《い》ノ口《くち》橋から堀留までの両岸を見まわっていただく。そして、すぐに呼びだせるよう町木戸がしまる夜四ツ（十時）までは起きていてもらう。

それで、仲町が一両二分（一分金四枚で一両）、山本町が一両、つごう月に二両二分ということで相談がまとまったが、どうであろうか。

覚山は、お気づかいいただきいたみいる、と低頭した。

——おやめください。お武家さまに頭をさげられてはかえって恐縮いたします。これまでのいきさつもございますので、手前が世話役をやらせていただきます。では、そういうことでご納得いただいたと皆さまにご報告いたします。

播粉木は万松亭の庖丁人《ほうちょうにん》から古いのをもらっておいた。町家の者に刀を抜きたくないからだ。

板場《いたば》には、長さ六寸（約一八センチメートル）ほどの山椒《さんしょう》の木のものから、二尺（約六〇センチメートル）ほどもある太い檜《ひのき》のものまであった。

覚山は、長さが一尺二寸（約三六センチメートル）、先端の径《けい》が一寸（約三センチメートル）、手元が八分（約二・四センチメートル）の胡桃《くるみ》のものをもらった。手ごろで軽いのだが、刃物をあいてにするにはやわらかすぎる。

七日、覚山は、竹刀《しない》防具を商う店《たな》を教えてもらった。

武器としての杖《じょう》は、おおむね長さが四尺二寸五分（約一二七・五センチメートル）である。径一寸（約三センチメートル）の八角樫《かし》棒を両端から一尺五寸（約四五センチメートル）の長さで切ってもらい、二本にした。帰ってから、斬り口を小刀《こがたな》でけずった。

むきあって夕餉《ゆうげ》をすませ、よねがかたづけと洗いものを終えてほどなく、暮六ツ

（六時）の鐘が鳴った。

覚山は総髪である。

総髪には、髪をうしろへ垂らすやりかたと、月代《さかやき》を剃《そ》らずに髻《もとどり》でたばねて短くまえに折るやりかたとがある。まえにおった髪は髷《まげ》ほど長くしない。覚山はたばねて折っている。

家業は学問であり、武《ぶ》より文《ぶん》である。江戸では儒者や医師は剃髪《ていはつ》がおもだが、上方では総髪がおもである。

羽織《はおり》に袴《はかま》。腰には大小と擂粉木をさした。

よねの見送りをうけて住まいをでる。

江戸の通りは明暦《めいれき》三年（一六五七）の大火で拡張がなされ、表通りは五間（約九メートル）から七間（約一二・六メートル）幅になった。江戸を代表する日本橋通りは十間（約一八メートル）、交差する本町《ほんちょう》通りは京間（一間が六尺五寸）で七間（約一四メートル）。これよりさらに幅のあるのが広小路《ひろこうじ》だ。

猪ノ口橋から堀留まで一町半（約一六四メートル）余。料理茶屋が軒《のき》をならべ、一膳飯屋や蕎麦屋などの食の見世《みせ》もある。

入堀は幅四間半（約八・一メートル）とせまいので、船宿は門前山本町の十五間川沿いや油堀《あぶら》にめんした黒江町《くろえちょう》にある。

武家で頻繁に料理茶屋の暖簾《のれん》をわけるのは、幕府役人と大名家の留守居《るすい》役だ。

春とはいえ、陽が沈むと冬が牙をむき、夜風が肌を刺す。しかし、常夜灯のあかりと、料理茶屋などからのあかりが、通りににぎやかなあたたかさをもたらしていた。

高禄な武士、商人《あきんど》、芸者たちがゆきかい、堀ばたには駕籠舁や船頭がいる。左褄《ひだりづま》をとった芸者がほほえんで首をかしげる辞儀をし、駕籠舁や船頭が立ちあがって低頭する。笑顔もいれば、硬いのもいる。

こちらは顔を憶えていないが、表情をこわばらせるのはたんこぶをつくってやったせいだ。しばらくは、たんこぶを隠すためであろう、手拭《てぬぐい》でみょうな鉢巻をしているのが幾名もいた。

あれからもこぜりあいがあったが、擂粉木を手にしてでていくと、すぐさまおさまった。

猪ノ口橋をわたった門前山本町のかどに、十五間川にめんして船宿の有川《ありかわ》がある。そこの船頭の松吉《まつきち》が、たんこぶの一件いらい、親しげに挨拶するようになった。二十七歳で、独り身だという。

あるとき、松吉が言った。

けやせん。——先生《せんせえ》は、手加減ってのをしらねえ。本気で殴るんだから、あぶなっかしくてい
覚山は、こたえた。

——よいか。機先を制する、という。頭に血がのぼってる者になにを言っても無駄であろう。それゆえ、擂粉木で頭を叩いた。喧嘩がおさまったではないか。それに、あれでも手心《てごころ》をくわえたほうだ。本気でやれば、額が割れ、気を失っておる。男の顔に疵《きず》をおわすわけにはゆかぬゆえ手加減した。それでもわからぬ者には、つぎは刀で尻《しり》にばってん印をつければ懲《こ》りるであろう。疵が癒《い》えるまではすわるのもままならぬぞ。

——尻《けつ》に、ばってん。たのみやすから、あっしにはなしでお願《ねげ》えしやす。先生《せんせえ》はほんとうにやりかねねえから、ほかの者《もん》にようく言っておきやす。

路地から通りを堀留へ行き、山本町の通りを歩き、猪ノ口橋をわたって住まいにもどった。

居間の刀掛けに大小と擂粉木とをおき、長火鉢のまえにあぐらをかく。よねが茶を淹《い》れた。

夜四ツ（十時）までつきあうことはないと言ったのだが、夜更かしは慣れてますと

こたえる。

独りであれば書物が読める。だが、炭の火を見ながら、たあいのないことを語りあうのもいいものだ、とも思う。

男はそうやって女の柔肌におぼれ、志《こころざし》を失っていく。

僧侶が戒律で女性《にょしょう》を遠ざけたのも、いまではよく理解できる。女体《にょたい》を知れば、煩悩《ぼんのう》にさいなまれ、修行どころではなくなる。

おのれも、ほんのすこしまえまでは書物に没頭し、寝るまや食べるまさえおしいと思っていたのが、このていたらくだ。

暮六ツ半（七時）をすぎたあたりだった。

覚山は、眉をひそめ、首をかしげた。

路地を駆けてくる者がいる。

格子戸が音をたててあけられた。

「先生《せんせえ》ッ」

覚山は、戸口へいそいだ。よねがついてくる。

土間にぶら提灯の柄《え》をにぎった二十代なかばくらいの男がいた。

「青柳《あおやぎ》板場の佐吉《さきち》と申しやす。主が、すぐにお越しいただきてえと申しておりやす」

「刀をとってくる」

青柳は、万松亭から猪ノ口橋へ四軒さきの料理茶屋だ。

大小と擂粉木を腰にした。

佐吉は表で待っていた。

覚山は、土間から敷居をまたぎ、格子戸をうしろ手にしめた。

佐吉がかるく低頭してさきになる。

いそぎ足だ。覚山は訊いた。

「大きな騒ぎか」

「いいえ。まだ気づかれておりやせん。主が、お役人をお呼びするめえに、先生《せんせえ》に見てもらいてえと申しておりやす」

「ならば、表通りへでたらいそぐでない」

「えっ」

佐吉が顔をむける。

「なにごとかと思われるぞ」

表情に理解がやどる。

「わかりやした」

路地から通りにでた。

江戸湊《みなと》の夜空高く、上弦からまるくなりだした月がかかっていた。通りにかわったようすはない。

月に背をむけ、猪ノ口橋のほうへむかう。挨拶する者へ会釈を返す。

佐吉が青柳の暖簾をわけた。

土間へはいっていく。

内所から五十年輩の亭主がでてきた。顔をこわばらせている。

覚山は、ちいさく顎をひき、板間にあがった。亭主がさきになり、階《きざはし》をあがる。

深川、柳橋《やなぎばし》、薬研堀《やげんぼり》、山谷《さんや》あたりの料理茶屋は、土地がせまいのでたいがい二階が客用の座敷だ。向島《むこうじま》は百姓地で敷地が広くとれるので、平屋の料理茶屋が多い。

廊下で、女将が障子を背にして膝をおっていた。上体をむけてわずかに低頭する。

表情は硬いが、おちついている。

亭主が、右のてのひらを見せた。

「この座敷でございます」

覚山は、両手で障子を一尺（約三〇センチメートル）ばかりあけた。血の臭いがおしよせてきた。なかを見わたし、障子をしめた。

ふり返り、亭主に顔をむける。

「ご亭主、名を教えてもらえぬか」

「とんだご無礼をいたしました。理左衛門《りざえもん》と申します。どうぞお呼び捨てください」

理左衛門が、右手で女将をしめした。

「女房のつねでございます」

覚山は言った。

「手をふれたり、うごかしたり、もちだしたりしたものはあるか」

「めっそうもございません。通りの申しあわせで、こまったことはまず先生にご相談するときまりました。それで、お報せしたしだいにございます。まったくそのままで、なにもしておりません。そのために、つねにここで見張っていてもらいました」

覚山は、力強く顎をひいた。

「自身番屋へ報せに走らせるがよい。拙者は、なかをあらためる。覗かれたりせぬよう、女将にはいましばらくいてもらいたい」

「わかりました。では、そのように」

低頭した理左衛門が、階のほうへ去っていく。

覚山は、懐から手拭をだして鼻と口をおおい、左手で障子をあけてなかにはいり、うしろ手にしめた。

十畳間の上座にならべられた二膳がある。客はひとりで、料理は二の膳まで。窓の障子はすべてしめられている。

四隅に行灯《あんどん》。まんなかに素焼きの火鉢。燃えている炭に、霜のごとく白い灰がかぶさっている。

そして、火鉢のてまえでうつぶせになった芸者。裾《すそ》に花を描いたあざやかな烏色《からす》の着物。右頰を畳につけ、顔のよこで両のてのひらも畳につけている。見ひらいた眼。首のまわりの畳を大量の血が染めている。周囲にも散っていた。

髪も着物も乱れていない。

覚山は、かがみ、片膝をついた。

手拭でおさえていても、血が臭う。

眉をひそめ、こらえる。首が一文字に切られている。両の血脈と喉。もう血は流れていない。

唾を飲みこみ、立ちあがる。

上座に行き、ならんだ食膳を見おろす。

箸《はし》はきちんとそろえられ、料理はあらかた食べており、皿や椀《わん》も乱れていない。客が帰ったあとということだ。

この座敷をつとめていた芸者か、ほかの座敷の芸者か。

座敷をゆっくりと見まわす。

下座にまわってとなり座敷との襖《ふすま》を背にする。

天井も見た。

となり座敷に人の気配はないが、ほかの座敷からは声や三味線の音《ね》が聞こえる。

ふたたび芸者を見る。

読んだことはあるが、殺された死骸《しがい》をじっさいに見るのははじめてだ。またしても胃の腑《ふ》からこみあげようとするものを、唾を飲みこむことでこらえる。

四隅の行灯をふくめて、もういちど、ゆっくりと見まわす。

気になることはない。

襖のまえから芸者の足もとをまわり、障子をあけて廊下へでた。理左衛門がもどっている。うしろ手で障子をしめる。

廊下をはさんで座敷がならんでいる。通りにめんした左右の座敷から声と三味の音が聞こえる。

覚山は、理左衛門を見た。

「しずかだな」

「まえのお座敷は両方とも半刻（一時間）のなおしです。座についたばかりのお客さまは、とりこみがしょうじてしまいましたのでと、お帰りいただくか、手前どものほうでほかのお茶屋さんへご案内いたしました。のちほど、お役人には、そのむねお断りいたします」

門前仲町から八丁堀島《はっちょうぼりじま》まで半里（約二キロメートル）ほどだ。大名小路の南北町奉行所よりも八丁堀島のほうがちかければ、持ち場にしている定町廻りのところへ報せがいく。

「ここは拙者とそのほうだけでよかろう」

「ありがとうございます」

理左衛門が、つねにうなずく。

つねが、かるく辞儀をして、腰をあげ去っていく。

覚山は、理左衛門に顔をもどした。

「芸者の名は」

「房次《ふさじ》と申します。年齢《とし》は二十二。売れっ子とまでは申せませんが、おちついて酒が飲めるからとひいきになさっているお客がそこそこおります。いえ、おりました」

「客は、ひとりで、帰ったあとのようだが」

「さようにございます」

客は、五町（約五四五メートル）ほど離れた深川伊沢町《いざわちょう》の太物《ふともの》問屋山形《やまがた》屋の主五郎《ごろ》兵衛《べえ》。内儀は何年もまえに他界。ひとり娘に婿をもらい、孫もでき、寄合だけでなくひとりでもくるようになった。このごろは、ずっと房次を名指ししている。

この日も、房次のつごうで、夕七ツ半（五時）からの一刻（二時間）の座敷だった。暮六ツ半（七時）まえに、女将のつねが報せにいき、房次とともに表まで送った。

房次が忘れものをしたのでと二階にあがったが、おりてこないのでようすを見にいったつねが見つけた。

「……叫び声をあげそうになり、口をおさえて障子をしめ、手前に報せにまいりました。それで、すぐに佐吉を呼び、先生のところへ行かせました」

覚山は、うなずき、忘れもの、と口中でつぶやいた。

座敷にそれらしきものはなかった。房次は、頭を上座へ、足をやや廊下へむけて斜めに倒れていた。座敷をでようとしてではなく、はいってきたさいに襲われたように思える。

三

深川芸者を辰巳芸者というのは江戸城から見て辰巳（南東）の方角だからだ。より正確には、南東ではなく東南東である。

発祥は延宝《えんぽう》（一六七三〜八一）年間までさかのぼり、当初は踊り子や女芸者と呼ばれた。寛保《かんぽう》（一七四一〜四四）のころに、春をひさいでいたので風紀上よろしくないということでとりしまった。

すると、女芸者だからだめなのであろうと、羽織を着て、冬でも素足に男用の吾妻《あずま》下駄《げた》を履き、男名《おとこな》にした。粋と張りの辰巳芸者の誕生である。のちに、羽織は禁じられる。

江戸芸者で男名を通り名にしているのは辰巳芸者だけだ。

それが気にくわなかったのかもしれないが、病的禁じ魔の水野《みずの》忠邦《ただくに》が天保《てんぽう》の改革で徹底してしめつけ、辰巳芸者はほかの花街へ散っていく。水野忠邦には不本意だろうが、結果として、深川の粋と柳橋の艶《つや》とが融合して江戸芸者の婀娜をはぐくむ。

この年の初春一月の月番は北町奉行所である。

本所深川《ほんじょ》を持ち場にしている定町廻りは、柴田喜平次《しばたきへいじ》、三十六歳。つかっている御用聞きが、深川熊井町正源寺《くまいちょうしょうげんじ》参道の弥助《やすけ》、三十一歳。女房に居酒屋〝笹竹《ささたけ》〟をやらせている。

理左衛門からそんなことを聞いているうちに小半刻（三十分）あまりがすぎ、柴田喜平次が弥助を供に階《きざはし》をあがってきた。

手先たちは階下にとどめたようだ。数名の気配がする。

喜平次も弥助も身の丈は五尺六寸（約一六八センチメートル）ほどだが、喜平次のほうがわずかに高い。ふたりとも、陽に焼けた精悍《せいかん》な顔つきだ。

やってきた喜平次が、いぶかしげな表情をうかべ、顔から腰へと眼をおとす。

理左衛門が言った。

「柴田さま、お役目、ごくろうさまにございます。こちらは……」

喜平次がさえぎった。

「おめえさんが、播粉木先生《せんせえ》か。米吉と所帯《しょてえ》をもち、この通りの用心棒になったそうだな。雲州《うんしゅう》松江松平さまのお声がかりだと聞いた」

覚山は首肯した。

「九頭竜覚山と申しまする。仰せのとおり、用心棒をつとめておりまする。異変が出《しゅっ》来《たい》したとの報せをうけ、駆けつけたしだいにござりまする」

「おいらも侍《さむれえ》言葉にしねえといけねえかもしれねえが、まだるっこしいんで勘弁してもらうぜ」

廊下の話し声に、通りにめんした両側の障子があけられ、芸者が顔をのぞかせた。

理左衛門の顔のうごきに、喜平次がふり返った。

「柴田さま……」

顔をもどした喜平次がうなずく。

「座敷はあのふたつだけかい」

「はい」

「帰《けえ》ってもらってくんな」

「ありがとうございます」

理左衛門が腰をあげる。

「弥助」

「へい」

「さきに帰《けえ》った者《もん》はいねえか。変わったことはなかったか。音や、座敷をまちげえた奴。なんでもいい。いつもとちがうことがなかったか、だ。それと、芸者をふくめてひとりのこらず名と住まいとをひかえておきな」

「わかりやした」

弥助が、理左衛門を追っていく。

喜平次が言った。

「おめえさん、なかは」

「さきほど見させてもらいました。障子をあけしめしただけで、なにひとつさわっておりませぬ」

「死骸《しげえ》を見ても、吐かなかったわけか」

「なんとか」

「なら、いっしょにあらためてもらおう」

喜平次が障子をあけた。

覚山は、座敷にはいって障子をしめた。

さらに血の臭いがこもっている。手拭で鼻を覆いたいところだがこらえ、わずかに眉をよせた。

死骸も、血の臭いも慣れているのであろう。喜平次が、うつぶせになっている房次を見つめ、座敷の隅々にまで顔をむけ、ふたたび房次にしばらく眼をおとしてから、窓辺にいって障子を左右にあけた。

暖かな座敷に冷たい夜風が流れこんできた。

臭いがうすらぐ。

喜平次がもどってきた。

「亡骸《ほとけ》を仰向けにしてえんだが、てつだってもらえるかい」

「承知いたしました」

「おいらが、頭をささえて肩をやる。おめえさんは、腰と脚をたのむ」

喜平次が、房次の両腕をのばして躰につけ、頭にまわって右膝をつき、左手で頭をもちあげて右手をいれ、左手を肩にあてた。

覚山は、右手を房次の左腕のしたにいれて腰骨にあて、左手で左足の膝小僧をつかんだ。

顔をむけた喜平次がうなずく。

房次の躰を、仰向けにしていく。血の臭いがつよくなる。

覚山は唾を飲みこんだ。

仰向けにした。喜平次が、そっと頭をおろす。顔はよこをむいたままだ。

腰をあげた喜平次が、左の袂《たもと》から手拭をだした。食膳のところへ行き、かがんで銚《ちよう》子《し》を手にして振り、椀のうえで手拭にかけた。

左手はわずかだが、右手にはべっとりと血がついている。右手、そして左手の血をぬぐう。

喜平次が手拭をさしだした。

「おいらがつかったので申しわけねえが、おめえさんも手をふいちゃあどうだ」

「かたじけない」

覚山は、右手の血をぬぐい、手拭を喜平次へ返した。

喜平次が、左の袂におとす。

「得物《えもの》がねえ。自害《じげえ》でこんなふうに首を切ってるのは見たことがねえ。てえげえは、どっちか片方の血脈だ」

喜平次が、顔をむけた。いぶかしげな眼だ。

「学問の師だと聞いてたが、おめえさん、死骸《しげえ》ははじめてじゃなさそうだな」

覚山は首をふった。

「はじめてでござる。ただ、殿にお文庫への出入りをお許しいただきました。御仕置《おしおき》例類集《れいるいしゅう》などのほか、『無冤録《むえんろく》』という上下巻の書物が……」

喜平次が眼をまるくした。

「無冤録だと。驚いたな」

元《げん》の時代の法医学書である。室町《むろまち》時代末期に伝来したとされる。元文《げんぶん》元年（一七三六）に、日本の実情にあわせて翻訳、明和《めいわ》五年（一七六八）に刊行された。上巻は、肉体部位の名称、検使（検屍）の注意点など。下巻は、死因と死体の特徴などの具体例が述べられている。

喜平次が肩で息をした。

「いってえ、なんの学問をしてるんだ」

「兵学でござる。もっぱらは孫子《そんし》にござりますが、つまるところ人でござる。御仕置類例集を読むうちに、人がなにゆえ罪をおかすのかに興味をいだき……」

「わかった。いまは、それくれえにしてくれ。そのうち、ゆっくり聞かせてもらうよ。で、おめえさん、得物はなんだと思う」

「刃渡りのある刃物では、左右の血脈を切るのはむずかしかろうと愚考いたします。おそらくは、背後から口をおさえ、剃刀《かみそり》で切った」

「庖丁や匕首《あいくち》もありうる。女の守り刀もな」

覚山が驚く番だった。

喜平次の口端を笑みがかすめる。

「だからったって、殺《や》ったのが女だとはかぎらねえ。女だと思わせて、男のしわざ。だがな、料理茶屋だ、武家の女が出入りするとこじゃねえ」

「なるほど、探索方をまどわすためにありそうもない武器をもちいる。なるほど」

喜平次が右の口端で笑いをこぼす。

「うしろから口をおさえた。まちげえあるめえよ。さて、おめえさんはもう帰《けえ》っていいぜ。あとはこっちでやる」

「ご無礼つかまつりまする」

覚山は、一揖《いちゆう》して座敷をでた。

翌十日の朝五ツ（八時）から小半刻（三十分）あまりがすぎたころ、覚山は湯屋《ゆうや》からもどってきた。

夕刻から宵にかけては見まわりといつ呼出しがあるかもしれぬので、朝五ツの鐘で、よねとともに湯屋へ行く。

芸者は、夜は座敷がある。だから、朝か、昼をすませて座敷へでるまえに湯屋へいく。

湯屋まではいっしょに行く。しかしむろんのこと、もどってくるのは覚山のほうがはるかに早い。

長火鉢の灰をかぶせてあった炭を、火箸で埋《うず》み火をおこして屑炭《くずすみ》をたす。

じきに炭が燃えだした。

覚山は、隅の文机《ふづくえ》から読みかけの漢籍をとってきて、長火鉢のまえで胡坐《あぐら》をかいた。

よねが湯屋からもどってくるまでのほんのひとときが書物に没頭できる。あとは、かよってくる弟子たちに稽古をつけているあいだである。

ときには食さえ忘れて書物にのめりこんでいたころをなつかしく思う。朝から晩まで書物をひもといていても、誰にも文句は言われなかった。

いまでも文句は言われない。そばにぽつねんとすわって、つまらなさそうな溜息《ためいき》を、あからさまに、聞こえよがしにつかれるだけだ。

学問をないがしろにしてきたつもりはないのだが、神仏があたえたもうた試練なのであろう。

村の後家に夜這をかけられ、そのたびに山に逃げた。女色《によしよく》に迷えば学問がおろそかになりかねぬと危惧《きぐ》したからだが、恥をこらえてしのんできたであろうにすまぬことをした。

因果応報かもしれぬ。女色に迷うどころか、溺《おぼ》れかけている。いや、おそらく、たぶん、村にいたころのおのれをふりかえれば、情けないかぎりだが、しみじみ溺れきっている。

よねが帰ってきた。

祝言から三日とたたぬうちに、女に理屈はつうじず、あらがってもむだだということを、覚山は悟った。

漢籍を文机にもどす。

盆で茶をもってきたよねが、猫板をまえに膝をおり、茶をおいた。そして、湯屋で誰それに会った、弟子の誰それがどうしたこうしたと、どうでもよいことを茶を喫しながらとめどもなくしゃべる。

しかし、ちゃんと耳をかたむけねばならない。妻帯とは艱難辛苦《かんなんしんく》の修行なのだ。

住まいは、戸口が東の路地にめんし、南に一間半（約二・七メートル）幅の庭がある。となりの裏店との境に六尺（約一八〇センチメートル）の黒板塀がある。

庭の東かどにくぐり戸がある。万松亭からは、庭のくぐり戸をあければ、斜めまえにこちらのくぐり戸がある。

朝四ツ（十時）の鐘が鳴ってほどなく、くぐり戸があけられ、長兵衛が声をかけた。

「先生、よろしいでしょうか」

「まいられよ」

よねが、腰をあげて縁側で膝をおり、障子を左右にあけた。

長兵衛が、沓脱石のまえで腰をおる。上体をなおした顔が話したげな表情だ。

覚山は、手で畳をしめした。

「おそれいります」

長兵衛が、沓脱石で草履をぬぎ、縁側にあがった。

「お茶を淹れてきます」

よねが、ふたりの茶碗を盆にのせ、居間をでていった。

長兵衛が、障子をしめ、長火鉢をはさんで膝をおった。

「さきほど、青柳の理左衛門さんがおみえにございました。昨夜《ゆうべ》はたいへんなことがあったそうで。迎えにきた板場の者をおちつけとさとされたとか。北御番所の柴田さまも感心しておられたそうにございます」

「礼を言われるほどのことではない。青柳の亭主や女将のほうが、拙者よりもよほどにおちついていた」

「いいえ。ふたりとも、先生にすぐに駆けつけていただいてどれほどほっとしたかと申しております」

よねが、声をかけて襖をあけた。

厨の板間には囲炉裏《いろり》が切ってあり、自在鉤《じざいかぎ》に鉄瓶をかけて湯を沸かしている。

襖をしめ、猫板に盆をおく。茶碗が三個ある。

茶を喫した長兵衛が、茶碗をもどす。

「先生、座敷のお客が伊沢町の山形屋さんであるのはごぞんじと思います」

覚山は、うなずきかけ、眉をひそめた。

「太物問屋で五郎兵衛という名だったと思うが。なにかあったようだな」

「今朝になっても帰ってこぬそうにございます」

覚山は、眉間に縦皺《たてじわ》をきざんだ。

「暮六ツ半（七時）じぶんに、女将のつねと芸者の房次が見送ったそうだが」

「はい。伊沢町はすぐそこですので、昨日《きのう》も持参した小田原提灯《おだわらぢょうちん》に火をおもらいになり、ひとりで歩いて帰られたとのことにございます。柴田さまが話を聞きにまいられ、もどっていないので騒ぎになったとか」

覚山は腕をくんだ。

門前仲町で暮らしはじめて半年あまり、かいわいの町名はおおむね承知している。

だが、陽がしずんでから出歩くのは入堀の見まわりくらいだ。

「五郎兵衛の年齢《とし》や背恰好《かっこう》をぞんじておるか」

「五十なかばくらいであろうと思います。背丈は手前とおなじ五尺四寸（約一六二センチメートル）ほどで、顔も躰もほっそりとしております」

「暮六ツ半ごろ。まだ人通りがあろう。むりやり連れ去ったのであれば、見ていた者が自身番屋へとどけておろう」

「かならずしもそうとはかぎりません。顔を知ってる地廻りでしたら、巻き添えをおそれて口をつぐむかもしれません」

覚山は、鼻孔から息をもらして腕組みをとき、よねに顔をむけた。

「房次を知っておるか」

「あい。置屋がちがいますので親しいってほどではありませんが、お座敷がいっしょのことがありましたから」

「五郎兵衛を見送ったあと、忘れものをしたと二階の座敷にもどったそうだ。芸者が座敷に忘れもの。なにが思いうかぶ」

よねが小首をかしげる。

「お座敷に忘れもの。三味くらいしか思いつきません。そのあともお座敷がかかっていていそいでいるならとりに行きますけど、内所で女将さんとご亭主にご挨拶をしていると女中さんがもってきてくれます。あとは……お客さまからのいただき物でしょうか」

「理左衛門が、房次のつごうで夕七ツ半（五時）から一刻（二時間）の座敷になったと申しておった」

覚山は長兵衛を見た。

長兵衛が首をふる。

「おじゃましましたのは、その理左衛門さんが昼すぎにお礼におうかがいしたいがごつごうはいかがでしょうかとおたずねにお見えでした」

「たいしたことをしたわけではない。あらたまっての礼は無用だとつたえてくれぬか」

「先生、断られれば負いめになります。うけていただければ気がやすまりますので、お願いします」

「そうか。ふむ、そのほうがそう申すなら、そうなのであろう。ならば、いつでもよい」

「かしこまりました。では、そのように。手前はこれにて失礼させていただきます」

長兵衛が去った。

陽が射しておれば、影の向きと長さでおおよその刻限がわかる。

昼九ツ（十二時）から小半刻（三十分）くらいがすぎたころ、戸口の格子戸があき、理左衛門がおとないをいれた。

よねが、迎えにでて、客間に案内した。

女将のつねもいっしょだという。

客間へ行くと、ふたりとも下座の襖ちかくでかしこまっていた。

覚山は、上座につき、もうすこしまえにでるようふたりに言った。ふたりが礼を述べて腰をあげ、二歩すすんで膝をおった。

理左衛門が、ていねいな謝意を表し、つまらぬものですがと言って、つねからうけとった袱紗包みを膝のまえにおき、右手でおした。

よねが、盆で茶をもってきて、さがった。

覚山は、五郎兵衛の歳を訊いた。理左衛門が、首をかしげて右手の指をおり、五十六歳だと思いますが、あとでたしかめておきますとこたえた。

「行方はどうだ。いまだなにもわからぬのか」

「はい。そのようにございます」

「そうか」

理左衛門からつねに顔をむけ、房次の忘れものに心あたりがあるか訊いた。

「いいえ。柴田さまもおたずねにございましたが、わかりません」

「よねは三味線かもしれぬと申しておったが」

「三味はもってきておりませんでした」

「座敷の刻限は房次のつごうだったそうだな」

つねがうなずく。

「六ツ半（七時）から山本町のお茶屋さんで座敷がかかっておりました」

茶を喫してふたたび礼を述べたふたりが辞去した。

よねが戸口で見送った。

四

深川には時の鐘がなかった。

竪《たて》川と十文字にまじわる横《よこ》川の南岸を向島方面へ一町（約一〇九メートル）余すすんだ河岸地《かしち》に本所の時の鐘があった。

門前仲町から直線で二十八町（約三キロメートル）ほどある。日本橋本石町《ほんこくちょう》の時の鐘もおなじような距離である。さらに、一里（約四キロメートル）余も離れている芝《しば》の増上寺《ぞうじょうじ》や浅草浅草寺《あさくさせんそうじ》の時の鐘も聞こえたようだ。昼夜を問わずである。高い建物がないのも一因であろうが、江戸の静けさがうかがえる。

暮六ツ（六時）の鐘が鳴った。

覚山は、羽織袴の腰に大小と擂粉木をさして住まいをでた。南へ足をむける。よねの住まいに越すまえは、となりの裏店に住んでいた。

万松亭よこの路地から入堀通りにでる。

石垣の岸辺には、柳のあいだに朱塗りの常夜灯がある。

落日の残照に常夜灯はたよりなげで、冷たくなりだした夕風に柳の葉がゆれている。

通りは人出でにぎやかだった。芸者、商人《あきんど》や武士。堀ばたには駕籠舁と船頭たち。挨拶する者らにかるくうなずき、堀留へむかう。堀留が接するのが富岡八幡宮《とみがおかはちまんぐう》にいたる深川の大通りだ。

門前山本町の岸辺にも柳と常夜灯があり、料理茶屋や食の見世がある。それでも、門前仲町の通りのほうがにぎやかだ。辻駕籠や、栈橋につけられている猪牙舟や屋根船のかずも、門前仲町のほうがおおい。

猪ノ口橋をわたって、近道をせずに万松亭まえをとおる。路地は宵の帷《とばり》がおりつつあったが、そのぶん、星がまたたき歩けぬ暗さではない。

格子戸をあける。

「ただいまもどった」

よねがやってきた。手に火をともしたぶら提灯の柄をにぎっている。

ぶら提灯をうけとり、戸口をでて、うしろ手に格子戸をしめた。

路地を北へ行き、万松亭となりの料理茶屋菊川《きくかわ》よこの路地から入堀通りにでる。

おのれは入堀通りの用心棒にすぎず、殺しは町方の役目である。わかっている。しかし、気になることがあると、得心がいくまでつきとめたくなる性分だ。

昼間、長火鉢で燃える炭を見つめながら自問自答した。

——房次はなにゆえ殺されたのか。

——忘れものをとりに座敷にもどったからだ。

——もどらねば、死なずにすんだ。しかし、はたしてそうか。それと、ほんとうに忘れものをしたのか。

——房次を殺した者は、二階の座敷にどうやってあらわれ、どうやって消えた。

——座敷には気になるものはなにもなかった。忘れものはちいさな品で、帯のあいだか袂にいれたあとで殺されたのか。それとも、殺した者がもちさったのか。

——殺した者がそれを奪いに座敷にはいったのであれば、房次が忘れたのを知っていたことになる。

——もうひとつ。山形屋五郎兵衛は、連れ去られたのか、みずから消えたのか。

稽古をおえて居間にきたよねに、思案を語った。

——頭が痛くなりそう。あたしにはむつかしいことはわかりません。

——うむ。それゆえ、暮六ツの見まわりのあと、伊沢町まで歩いてみようと思う。

——それはいいんですけど、へんなのにひっかかって寄り道したらいやですよ。

——へんなのとは。

——牝狐《めぎつね》です。

——深川には狐がおるのか。ん。牝狐……女という意味か。わしにはおよねがおるではないか。案ずるな。歩いてようすを見るだけだ。

山形屋五郎兵衛が青柳をでた刻限にはまだいささかまがある。下総《しもうさ》から多摩《たま》の彼方へと日暮れが駆け足で去り、花街は艶めいた夜の化粧《けわい》に濃くそまりつつあった。

入堀のとば口に架かる猪ノ口橋でまじわる川は、下流が油堀、上流は十五間川と呼び名が変わる。つまり、油堀の川幅も十五間（約二七メートル）ということだ。

覚山は、猪ノ口橋から一町（約一〇九メートル）ほど油堀を行った黒江橋をわたった。

油堀に背をむけて黒江川ぞいをすすむ。一町半（約一六四メートル）ほどさきで川は丁字にわかれている。左は大島《おおしま》川まで黒江川だが、右は無名だ。

右の川沿いを行く。

二町（約二一八メートル）ほどさきで、川はまた丁字《てぃ》になっている。その右かどが伊沢町で、四軒めが山形屋だ。よねが青柳に行ってたしかめてきた。

店《たな》は、夕七ツ（四時）から七ツ半（五時）あたりまでに商いを終える。暗くなれば灯油がもったいない。奉公人にもあかるいうちに夕餉を食べさせる。

陽が沈んでもあけているのは食の見世くらいだ。

山形屋も戸締りがしてあった。

川端は河岸で白塗りの土蔵がならんでいる。

覚山は、土蔵を背にして左右を眺め、ひきかえした。

縄暖簾の居酒屋や一膳飯屋、蕎麦屋などの腰高障子が、通りにおぼろな灯りをひろげている。

それらに人の気配があり、話し声や笑い声が聞こえた。だが、門前仲町の通りにくらべると人影がすくない。

もっと人通りがあると思っていた。じっさいに見てみぬとわからぬものだな、と覚山は感心した。

夜五ツ（八時）の見まわりもなにごともなく、町木戸がしめられる夜四ツ（十時）までおとずれる者はなかった。

よねが、二階の寝所に床をのべて呼びにきた。

おのが寝床によねの枕がならべてあった。

覚山は、あさましくも唾を飲みこみ、おもむろに、しなやかな細い腰を抱きよせた。

絹のごとくやわらかな白い肌、ゆたかな胸乳《むなぢ》、そして、そして……女とはかくも、かくも……一心不乱に学問をきわめんとしたおのがこしかたはなんであったのか。齢《よわい》三十二の大晦日までかほどによきものを知らずにいたとは。

「なにむつかしい顔をしているの」

「およねは、わしの天女《てんにょ》だ」

「うれしい」

「あっ、これ、いきなり、そ、そこをくすぐるでない。……うぃひっひっひっ」

翌々日の十二日。

剣は修行を欠かさぬことが肝要である。名人上手、達人の境地を会得した者ならいざ知らず、稽古をおこたれば腕はにぶる。

裏店の六畳一間に住んでいたころは、井戸のよこにあるちいさな稲荷のまえで、素振りと形の稽古をしていた。いまは庭で朝稽古をしている。

この朝は陽が昇らず、冷たい風が吹き、吐く息も白かった。

空は雲におおわれていたが、朝餉のころには雲間にわずかな青空がのぞいた。しかし、湯屋から通りにでると、空は墨をながしたかのごとき濃淡がある厚い雲におおわれていた。

風はつよくもないのに肌を刺すほどに冷たくて湿り気をおび、いまにもふりだしそうであった。

路地におれたところで雨がぱらつきだした。だが、悠然と歩をすすめる。雨ごときに武士《もののふ》は動じるものではない。一歩表にでれば七人の敵がある。その覚悟と気概をもたねばならぬ。

しかし、戸口の格子戸をあけて土間にはいったとたんに、悩んだ。

雨が音をたてはじめている。よねも傘《かさ》をもっていない。湯上がりに濡れてはかわいそうだ。

だからといって、妻《さい》をむかえにいく。しかも、湯屋などへ。男としての沽券《こけん》にかかわる。軟弱のきわみではないか。

「旦那さま」

覚山は眼をみはった。てつが膝をおっている。覚山はうなった。

てつが見あげる。

「どうかなさいましたか」

「気づかなんだ。つい、考えこんでしまう。わしの悪癖だ。まだまだ修行がたりぬ。すまぬが、傘を二本もってきてくれぬか」

「はい」

腰をあげたてつが、ふり返って去っていく。

てつにとどけさせる。よき思案だが、なにやらやましさがある。おのれでやりたくないゆえ他の者におしつける。敵に背をむける卑怯《ひきょう》なふるまいであろう。

雨がおおきな音で嗤《わら》っている。

町内の湯屋は一町（約一〇九メートル）と離れていない。着流しの腰に大小だけで、羽織さえ着ていない。

覚山は、上《あが》り框《かまち》に腰をおろした。足袋《たび》をぬいで下駄にはきかえる。腰をあげ、着物の裾をつかんで尻紮《しりから》げにした。

てつが蛇の目傘を二本もってきた。

覚山は、うけとり、言いわけをした。

「この雨だからな、濡れて風邪でもひかれてはこまる。やむをえぬ。迎えにいってまいる」

「行ってらっしゃいませ」

「うむ」

雨に蛇の目傘をひろげ、うしろ手に格子戸をしめた。

紙に油を塗っただけの粗末な造りの安い傘を番傘という。色や模様などで意匠をこらした高い傘は、代表的な図柄から総称して蛇の目傘という。

門前仲町は、大通りの両側と、入堀にめんしてある。大通りからは横道があり、入堀にぶつかる裏通りがある。

その横道と裏通りとのかどに、湯屋はある。路地をまっすぐ南へむかい、裏通りを西へおれればすぐだ。

湯屋の戸口は裏通りにある。なかで待つのも、よこで待つのも、なんとなくきまりがわるい。

裏通りをはさんだ八百屋の主にことわり、覚山は天水桶《てんすいおけ》のとなりに立った。

雨は、つよくなったりよわまったりした。

やがて、湯屋の暖簾の隙間《すきま》によねの顔が見えた。

裏通りをつっきって暖簾をわける。

よねが眼をまるくする。

「先生……迎えにきてくださったんですか」

「雨に濡れて風邪をひかれたらこまるゆえな」

見あげたよねの眼から涙がこぼれる。

「これ、泣くでない。知らぬ者が見たら、わしがそなたをいじめていると思うではないか」

「誰もそんなこと思いやしません」

「とにかく、泣くな」

蛇の目傘をわたして表にでる。

暖簾をわけて雨に蛇の目傘をひろげたよねが、蹴出《けだ》しごと裾をもちあげた。下駄と足袋、白い脚がまぶしい。

覚山はさきになった。

女は、つくづく、しみじみ、やっかいな生き物である。嬉しければ笑えばよい。なにも涙を流すことはあるまい。

みずからはおよねと呼ばせる。しからば、先生と呼ぶのはおかしいではないかと言うと、先生は先生でいいの、とにべもない。

ほどなくして雨はやんだ。

てつが帰る朝四ツ（十時）すぎには陽が射した。

居間は南の庭にめんしている。雲間からの陽射しが障子を白くかがやかせた。

庭のくぐり戸があいた。

「先生《せんせえ》」

船頭の松吉だ。

よねが、腰をあげて障子を左右にあけた。

「あれっ、米吉姐さん」

よねの声がとがった。

「なんだってッ」

「えっ、あっ、まちがえやした。およねさん、なんでここにいるんでやす」

「おや、ここは先生とあたしん家《ち》だよ。あたしがいちゃあおかしいかい」

「かんべんしておくんなさい。もう、けっして、まちげえて呼んだりしやせん。お弟子に稽古をつけてると思ってたもんで、びっくりしたんでやす。それより、年があけて、また若くなったんじゃねえんでやすかい。二十三、四にしか見えやせん。いや、二十歳《はたち》か二十一。なんなら十九ってことでも、あっしはかまいやせん」

「ばかお言いでないよ。今朝は弟子のつごうでお休みなの」

覚山は助け船をだした。

「松吉、つっ立ってないであがるがよい」

「ありがとうございやす」

松吉は、厚地の刺子《さしこ》半纏《ばんてん》に紺の股引《ももひき》姿だった。

濡れ縁はさきほどまでの雨で湿っている。沓脱石に足をおいて足袋をぬいで濡れ縁に揃《そろ》えておき、懐からだした手拭で足をふいてあがった。

「おじゃましやす」

敷居をまたいで膝をおる。

よねが障子をしめた。

覚山は言った。

「そこでは寒かろう。もそっとよるがよい。およね、茶をたのむ」

松吉が二歩ぶんほど膝行《しっこう》した。

よねが客間をでていった。

「雨で仕事もひまか」

「朝いちばんからへえってなけりゃあ、てえげえこんなもんでやす。あっしらが忙しくなるんは、夕方から町木戸がしまる夜四ツ（十時）くれえまでで」

松吉が、身をのりだし、声をひそめた。

「先生《せんせえ》、およねさん、米吉姐さんって呼ばれてるころから男勝りでおっかねえとこありやした。毎日《めえにち》、文句言われ、尻《けつ》に敷かれてるんじゃねえんでやすかい」

「あのな」

「なんでやんしょう」

「〝けつ〟ではなく〝しり〟だ。まあ、それはよい。ことわっておくが、およねはそのようなことはせぬ。わしにはすこぶるやさしい」

「あんね、先生《せんせえ》。そういうのを、学問じゃあなんて言うか知りやせんが、世間じゃあ、のろけって言うんですぜ。まじめくさった顔で、めんとむかってしゃあしゃあと言うんだからかなわねえ。汗かいてきやがった」

よねが、襖をあけてはいってきた。

膝をおり、猫板に盆をおく。

「汗がどうしたんですって」

「なんでもありやせん。それよか、先生《せんせえ》、およねさん、九日に青柳の座敷で房次が殺されたんは、てえへんな騒ぎになってるんでごぞんじと思いやす。座敷の客だったんが、伊沢町の山形屋で、その夜から行く方知れずになってやした。いましがた聞いたんでやすが、今朝、土左衛門《どざえもん》で見つかったそうでやす」

「どこでだ」

「佃島《つくだじま》の浜だそうで」

「疵は」

「二、三日しかたってねえから、どうでやんしょう。そんなに囓《かじ》られてねえって思いやす」

「いや、そうではなく、刃物の疵はなかったかと訊いておる」

「知りやせん。先生《せんせえ》が知りてえんでやしたら、訊いてみやす」

「わざわざ訊くにはおよばぬ。耳にはいったら教えてくれ」

「へい、わかりやした。それと、およねさん、千川《せんかわ》の善八《ぜんはち》、知っておりやしょう」

松吉にうなずいたよねが顔をもどした。

「千川は有川の二軒さきにある船宿です」

「十日の朝から、笹竹の弥助親分の手下《てか》らが訊きまわっておりやす。あっしも訊かれやした。歳は五十六、身の丈五尺四寸（約一六二センチメートル）、髷《まげ》や鬢《びん》が白髪まじりの痩《や》せた羽織姿の店《たな》の主。九日の暮六ツ半（七時）じぶんに見なかったかと言いやす。どこの誰とは教えてくれやせんでしたが、底知れずの間抜けでなけりゃあ、伊沢町の山形屋だろうってこたあわかりやす」

九日の暮六ツ半すぎ、入堀の桟橋で屋根船に客をのせた善八は、油堀にでて黒江橋から黒江川にはいった。

客の送り先は、築地《つきじ》の八丁堀川にめんした南八丁堀三丁目だった。門前仲町の入堀からは、黒江川におれ、大島川にでて、大川河口をよこぎり、石川島《いしかわじま》と霊岸島《れいがんじま》のあいだを八丁堀川にはいっていく。

黒江川はつぎの久中橋《ひさなかばし》をくぐって左へおれる。

舳《みよし》を左にむけた善八は、逆の半町（約五四・五メートル）ほどさきにある奥川橋《おくかわばし》てまえの桟橋におりていく人影を見た。

小田原提灯の柄をにぎり、着流しで痩せている年寄のようであった。桟橋には、艫《とも》をこちらにむけた屋根船がつけられ、船頭が立っていた。座敷には灯りがあった。

善八は、すぐに顔を舳のほうへむけた。

「……夕方、柴田の旦那……北御番所の定町廻りの旦那でやす。その柴田の旦那が、わざわざ千川までお見えになって、どんなちいさなことでもいいから、なんか想いだしたら笹竹まで報せてくんねえかっておっしゃったそうで。善八のやつ、このあたりじゃあ、屋根船にのる商人なんざめずらしくもねえからなあ、おまけに暗かったし。もっとよく見とけばよかったなあとこぼしておりやした」

「善八にたしかめてくれぬか。ほかに人影はなかったか。座敷からの灯りはどうであったか。岸のほうがあかるかったのであれば、窓があいていたことになる」

「先生《せんせえ》、すげえっ。学問があるおかたは眼のつけどころがちがう。あとで善八をとっつかめえて訊いておきやす。ひとつ、ふたつ、頭をひっぱたきゃあ、なんか想いだすかもしれやせん。こいつぁ、おもしろくなってきやがった」

松吉が、のこっていた茶を飲みほした。

「馳走《ごち》になりやした」

低頭した松吉が、腰をかがめたままで障子をあけ濡れ縁にでた。草履をはき、おいてあった足袋を手拭でくるんで懐にしまい、辞儀をして去っていった。

障子をしめたよねが猫板のまえにもどる。

「先生、あまり深入りしないでくださいね」

「そうしたいが、気になると、つきつめずにはおれぬ性質《たち》でな」

「柴田の旦那はいいかたですけど、八丁堀の旦那がたは、みなさん、こわいところもありますから」

「うむ、わかっておる」

奥川橋から伊沢町の山形屋まで一町半（約一六四メートル）ほどだ。にもかかわらず、五郎兵衛はみずから桟橋をおりていった。

屋根船が待っている。

乗ったか、乗せられたか、それとも、乗らなかった。

よねがじっと見ている。

覚山は、ほほえみ、すまぬが茶をもう一杯と言った。

第二章　見まわり

一

翌十三日の暮六ツ（六時）。

よねに見送られて住まいをでた覚山は、路地を入堀通りにむかった。

わずかに薄暮がのこる相模《さがみ》の空で、厚い雲が火鉢の炭火のごとく濃淡のある紅蓮《ぐれん》に燃えていた。

路地のかどで西空に背をむけ、永代寺門前仲町《えいたいじもんぜんなかちょう》の入堀通りにでた。

川面を吹いてくる早春の夕風に、川岸の柳が震えている。

岸にならぶ常夜灯と柳のあいだで、かがんだり地べたにすわっていた駕籠舁《かごかき》や船頭たちが、立ちあがって辞儀をする。

覚山は、笑みをかえした。

堀留までは一町（約一〇九メートル）ほどだ。堀留から半町（約五四・五メートル）てまえの裏通り正面に門前山本町《やまもとちょう》へわたる橋が架かっているが名はない。

大通りから入堀通りにはいった川岸に、着流しの者らがかたまっている。夕闇のなかでさえ、眼つきの悪さがわかる。胸をはだけている者、肩をいからせている者、髷《まげ》をゆがめている者。七人のならず者が剣呑《けんのん》な臭気を放っている。

刀をおびる者は通りのまんなかを歩く。横合いからの不意打ちにそなえてだ。

覚山は、ゆったりとすすんだ。

ならず者どもが川端からでてきて通りいっぱいにひろがる。

ゆきかう男女がいそぎ足になる。両刀を腰にしている武士もだ。他出のさいは喧嘩《けんか》沙汰《ざた》にまきこまれるのをさける。主家に迷惑がおよびかねぬからだ。当主であればなおのこと。

七人が通りをふさぐ。いずれも右手を懐にいれている。

覚山は、立ちどまった。

正面にいる兄貴分らしき小肥りが一歩まえにでた。

「擂粉木《すりこぎ》ってのはてめえだな」

「いや」

小肥りが鼻で嗤《わら》う。

「なら、その腰にさしてるものはなんでえ」

「これは擂粉木だが、拙者の名は擂粉木ではない。まずは名のり、名を問う。それが礼儀だ。おおたわけの無礼者め」

「こきやがれ。通りの用心棒になったそうじゃねえか。五体満足《ごてえ》でいたかったら、荷物をまとめてどこへなりと失《う》せやがれ」

「そうはいかぬ。負け犬ほどよく吼《ほ》える」

小肥りが顔面を朱に染める。

「てめえ」

懐から匕首《あいくち》をだした。

覚山は、腰の帯から擂粉木を抜き、とびこんだ。小手《こて》を撃つ。匕首が落ちる。水月《みぞおち》を突く。

眼をみひらき、口をあけた小肥りが、両手で水月をおさえてうずくまる。

「この野郎」

「やりやがったな」

匕首を握ったふたりが左右からつっこんでくる。

擂粉木の長さは一尺二寸（約三六センチメートル）で、匕首は刃渡りが九寸五分（約二八・五センチメートル）ある。柄《つか》をふくめると擂粉木とほぼおなじ長さになる。

しかし、剣術と喧嘩はちがう。度胸はあっても隙《すき》だらけだ。いずれも小手の痛打をあたえて匕首を落とす。

あっけにとられている額に擂粉木をあびせる。

ポコ、ポコ。

ふたりが額をおさえる。

擂粉木を捨て、抜刀。ふたりのあいだにとびこみ、左の髷を髻《もとどり》から斬りとばして反転。切っ先を奔《はし》らせ、右の尻にばってん。

「痛《いて》えッ」

覚山は、さっとふり返り、刀に血振りをくれた。

右から左へと、残りの四人を睨《にら》みつける。

「つぎは腕を断つ。右手のいらぬ者はかかってまいれ」

ふたたび睨みつける。

四人の眼から狼の光が失せる。

覚山はたたみかけた。

「おまえらの顔は憶《おぼ》えた。こたびは手加減したが、つぎは容赦《ようしゃ》せぬ。刃物をしまえ」

刀を青眼にもっていく。

あわてて懐に手をいれた四人が、鞘《さや》に匕首をおさめて懐にもどした。

覚山は、懐紙をだして刀身をていねいにぬぐった。懐紙を帯にはさみ、刀を鞘へもどす。播粉木をひろい、懐紙でふいて腰にさす。

懐紙はすてずに懐にしまう。つかった紙は紙屑《かみくず》買いに売る。物を粗末にしない。村での暮らしで身についた。

斜めうしろでうごき。

左足をひいて、眼をやる。膝をまげて匕首に左手をのばしかけていた髷無しが、すっと腰をのばした。

顔をもどす。

四人が左右にわかれる。

じゅうぶんに離れるまで待ち、覚山はあいだをぬけた。遠巻きにしていた野次馬たちが散っていく。

堀留をまわって永代寺門前山本町の入堀通りにはいる。

七人が永代寺のほうへ去っていく。

ひとりは尻に手をあて、いまひとりは水月を手でおさえている。

刀は三振りある。脇差は二振りだ。加賀《かが》の刀工の大小と、近江《おうみ》の刀工の大小と、のこる一振りは摂津《せっつ》の刀工の作だ。加賀と摂津の刀身は二尺二寸（約六六センチメートル）、近江の刀身は二尺二寸五分（約六七・五センチメートル）。

この日は加賀の大小を腰にしていた。

猪ノ口《いくち》橋をわたって、仲町の入堀通りをもどる。

万松亭《ばんしょうてい》のまえでこちらを見ていた女中が、ふり返ってなかにもどった。すぐに、主の長兵衛《ちょうべえ》が火をともしたぶら提灯《ちょうちん》を手にしてでてきた。

覚山は、ちかより、立ちどまった。

長兵衛が、かるく低頭する。

「先生、堀留で騒ぎがあったそうで。見ていた者によれば、あいては永代寺山門通りから裏道にはいったところに一家をかまえる為助《ためすけ》の子分どもにございます。世間では門前町の為助一家と呼ばれております。どういうことなのか、いますこしくわしくわかりましたらお話しにまいります。暗くなってしまいました。提灯をおもちくださ い」

〝永代寺〟を冠した町家は、東から西へ〝門前東仲町〟〝門前町〟〝門前山本町〟〝門前仲町〟がある。

覚山は、うなずき、ぶら提灯をうけとって住まいにもどった。

夜五ツ（八時）の見まわりはなにごともなかった。

翌十四日の朝五ツ半（九時）じぶんに、くぐり戸が音をたててあけられた。

「先生《せんせえ》」

ちょうど縁側ちかくにいたよねが障子を左右にひいた。

「すり……」

よねの声がとがる。

「いま、なんて言った」

松吉《まつきち》がとぼける。

「えっ、なにか言いましたっけ」

「すりって聞こえたよ。先生にはちゃんとした名があるんだからね、擂粉木なんて言ったら承知しないよ」

「勘違《かんちげ》えしねいでおくんなさい。このごろ、掏摸《すり》がおおくなったって言おうとしてたんで。それよか、およねさん、今朝は十八くれえにしか見えやせん」

「いいかげんにおし。しまいには怒るわよ」

「娘十八、番茶も出花ってね。別嬪《べっぴん》は怒っちゃあいけやせん。別嬪はにっこり。怒るんは醜女《ぶす》にまかせやしょう」

よねが噴きだした。

「まったく。おあがりなさい、お茶を淹《い》れてくるから」

「へい。ありがとうございやす」

よねが、襖《ふすま》をしめてとなりの厨《くりや》へ行った。

松吉が、障子をしめて膝《ひざ》をおった。

覚山は言った。

「遠慮せずに、火鉢のそばによるがよい」

「へい」

松吉が膝をすすめた。

「あのな、松吉」

「なんでやんしょう」

「娘十八ではなく、鬼も十八だ。鬼でさえ年ごろになれば綺麗《きれい》になるってことだ」

「へえ、そうなんで。先生《せんせえ》、合点《がてん》がいきやした。女の正体《しょうてえ》はやっぱり鬼なんで。そんで、所帯《しょてえ》をもったら、だんだん角がでてくるって寸法で。けど、そんでもいい、たとえあとで角がはえてきたって、あっしはかまいやせん。毎日《めえにち》刺されたってかまわねえ別嬪がいたら、世話しておくんなさい、お願《ねげ》えしやす。で、番茶も出花ってのはなんです」

「縹緻《きりょう》がよくなくても年ごろになれば花咲くように美しくなるって意味だ」

「ひとつ、知恵がつきやした。それよか、先生《せんせい》。擂粉木でたんこぶ二個。おまけに、刀で、ひとりの髷を飛ばし、ひとりの尻《けつ》にばってん。ばってんくらったんは、為助一家の磯吉《いそきち》っていばりくさったいやな奴で。ざまあみろってんだ。昨夜《ゆうべ》は見そこなっちまったんで、つぎは見のがしたくありやせんから、ちょいと声をかけておくんなさい。お願《ねげ》えしやす」

「できるならそうしよう」

「先生《せんせえ》、いじきたねえ[一]ふだつき[二]、みっともねえ[三]死にぞこねえ[四]、ごろつき[五]、ろくでなし[六]、なめくじ[七]やくざ[八]のくそったれ[九]どもの尻《けつ》なら、いくつばってんつけてもかまいやせんが、あっしらはまじめに生きてる堅気《かたぎ》でやす。尻にばってんなんぞかかえてちゃあ、恥ずかしくて嫁ももらえやせん。そこんとこ、ひとつ、まちげえねえようにお願《ねげ》えしやす」

「それはおまえらの心がけしだいだ。小肥りの兄貴ぶんらしき者が、荷物をまとめてでていけと申しておったが」

松吉がうなずく。

「豚みてえに肥ってるくせに、蝮《まむし》の権太《ごんた》って呼ばれておりやす。しつこくからんでくる嫌われ者《もん》でやす。背をまるめ、まともに歩けなかったそうで。腹に一発。あっしも見たかったなあ、先生《せんせえ》の擂粉木」

そうではないと言いかけると、襖が音をたててあけられた。

「松吉ッ。やっぱり、先生のことを擂粉木って言ってるじゃないか」

「ち、ちげえやす。先生《せんせえ》が、蝮の権太を擂粉木でぐうの音もでねえようにのしちまったって話をしてたんでやす」

「そうかい。なら、いいけど」

襖をしめて猫板《ねこいた》のまえに膝をおったよねが、それぞれのまえに茶碗をおいた。

「ったく。およねさんは、先生《せんせえ》のこととなると容赦がねえんだから。……先生《せんせえ》もてえへんだ」

「なんだって」

「なんでもありやせん。独り言でやす。聞かないでおくんなさい」

「聞かれたくないんなら、聞こえないようにしゃべりな」

「そんな器用なことはできやせん。いただきやす」

松吉が茶碗に手をのばした。

覚山も茶を喫した。季節は新春だが、いまだ冬がいすわっている。朝は霜が張り、夜風は肌を切る。茶の温かさがここちよい。

「そうだ、忘れちゃいけねえ」

松吉が茶碗を膝のまえにおく。

「……先生《せんせえ》、山形《やまがた》屋の死骸《しげえ》を見つけたんは、漁師だそうでやす。店《たな》がひきとり、お通夜とお葬儀をすませておりやす。顔にも躰《からだ》にも刃物疵《きず》はなかったそうでやす」

「そうか」

「へい。紙入れや巾着《きんちゃく》なんか、もってたもんでなくなってるものもねえそうで。北の御番所の旦那は、千川《せんかわ》の善八《ぜんはち》が見た奥川《おくかわ》橋の桟橋へおりていった年寄が誰かってことと、のっけた船頭を捜しているってことでやす。それと、善八にたしかめやしたが、ほかの人影や、屋根船の座敷からの灯りがどうだったか、はっきりしねえそうでやす。想いだしたら教えてくれるようたのんでありやす」

「よく報せてくれた。礼を申す」

「とんでもありやせん。なんなりとおっしゃってください」

松吉が、茶碗をとりあげて茶を飲みほした。

「およねさん、馳走《ごち》になりやした。……先生《せんせえ》、なんかわかりやしたら、またお報せにめえりやす。ごめんなすって」

辞儀をした松吉が、障子をあけてしめた。

すぐに、庭のくぐり戸も開閉された。

よねの踊りや三味線の稽古《けいこ》は、朝四ツ（十時）からの半刻（一時間）と昼八ツ（二時）をはさんだ半刻ずつだ。弟子がひとりのこともあれば、何人かをいっしょに教えることもある。

稽古のあいだ、覚山は気がねなく書物に没頭できる。

もっと弟子をとったらよいと思うのだが、芸者は朝に湯屋《ゆうや》へ行くし、夕七ツ（四時）からは座敷があるのでそのしたくもせねばならないようだ。

女のしたくはてまどる。たかが町内の湯屋まで行くのだってそうである。そのことにかんしては、覚山は言ってもむだであろうと悟り、あきらめている。

所帯をもつは、極楽至福と隠忍艱苦《いんにんかんく》である。奇怪至極《きっかいしごく》な生き物と暮らす。喜悦《きえつ》と懊悩《おうのう》とに理不尽不可解までくわわった荒波にもまれる笹舟に乗っているようなものだ。

しかし、思うに、書物ではけっしてえられぬ学問であろう。

昼は茶漬けに、下働きのてつがととのえておいた一菜に香の物だ。

飯は、夕餉《ゆうげ》のぶんまで朝に炊く。昼飯と夕飯は、茶漬けにするか、蒸して温める。

茶漬けは、茶をかけるだけのものもある。しかし、万松亭で食べていた茶漬けは凝ったものであった。よねも料理茶屋などで食べなれているのでひとくふうした茶漬けをつくる。

たいがいは、刻んだ沢庵《たくあん》と細切れにした梅干とを散らして茶をかけ、塩と醤油《しょうゆ》で味をつける。

茶漬屋は具も凝っていて、鰹節《かつおぶし》でとっただし汁のうえから茶をかけ、醤油をつかう。

　一菜は煮物であったり、炒め物であったり、焼き魚であったりなどだ。むかいあって、銘々膳で食べる。食べ終えると、よねが食膳を厨へもっていって碗や皿を洗う。厨の土間には流しがあり、水口《みずぐち》の腰高障子をあけると、すぐそこに裏長屋の井戸がある。

　かたづけを終えたよねが、盆で茶をもってきた。膝をおって猫板に盆をおく。

「先生、さっきのこと、考えてくれました」

よねが中食《ちゆうじき》のおりに語ったところによると、朝の稽古にきた芸者が青柳《あおやぎ》を案じていたという。

北町奉行所定町廻り柴田《しばた》喜《き》平次《へいじ》の許しをえた青柳では、翌十日の昼に、殺しがあった二階座敷の畳をとりかえ、襖と障子も張りかえた。

それでも、客はあの座敷はいやだとことわる。とくに、山形屋五郎兵衛《ごろべえ》の判然としない死にようが客を遠ざけている。縁起でもない、なんでわざわざそんな座敷でと気《け》色《しき》ばむ客さえいる。

まだ数日だが、噂《うわさ》になれば気味悪がられて誰もあの座敷をつかってくれなくなるのではないかと主《あるじ》と女将《おかみ》が気に病んでいるという。

よねは、暮六ツ（六時）の見まわりをすませてから夜五ツ（八時）の見まわりまで青柳の座敷をつかわしてもらったらどうだろうと言った。

みずからも三味線をもっていく。芸者たちにも、あいているなら顔をだすよう声をかける。みなでにぎやかにしていたらうっとうしい噂も消えるのではあるまいか。

なるほどとは思う。だが、よけいな口だしのような気もする。

よねが見つめている。

覚山は言った。

「かえって迷惑ではあるまいか」

「青柳さんに訊いてみてもかまいませんか。迷惑そうだったらやめます。ぜひにということでしたら、万松亭によって長兵衛さんか女将さんに話します。いいですか」

「ああ。そうしなさい」

夕七ツ（四時）の鐘のころは、料理茶屋はあわただしい。七度めの鐘が撞《つ》かれてしばらくして、きがえて待っていたよねがでかけた。

小半刻（三十分）ほどして、喜色満面なようすでもどってきた。

二

暮六ツ（六時）の鐘のあと、見まわりを終えた覚山は、青柳のまえをとおりすぎて五軒さきの万松亭へ行った。

長兵衛は世話役である。よねが了解をえているが、当座は夜五ツ（八時）まで青柳にいるむねを告げた。長兵衛が、ごていねいにと言い、明日《あす》の朝、おじゃまいたしますとつけくわえた。

青柳の暖簾《のれん》をわけると、板間で主の理左衛門《りざえもん》が膝をおって待っていた。よねは女将のつねとともに内所《ないしょ》にいた。

覚山は、呆然と立ちつくした。よねは芸者姿であった。着替えがまにあわずに見送りにでてこなかったのは、座敷衣装と入念な化粧のためだったのだ。

大晦日《おおみそか》の夜を想いだし、生唾を飲みこむ。

思わず、つぶやいた。

「美しい。一幅の錦絵のようだ」

頰を染めたよねが、眼をふせる。

斜めまえにまわってなにか言いかけていた理左衛門が、あんぐりと口をあける。

覚山は、理左衛門を見た。

「いかがした」

「なんでもございません。これ、おつね、ご案内しなさい」

「はい」

笑顔のつねがよねをうながした。よねが三味線をもって立ちあがる。

二階座敷はまあたらしい畳の匂いがした。上座についた覚山は、腰からはずして左手でさげていた刀と擂粉木とを左脇においた。

よねが、正面のややよこで膝をおる。

すぐに、女中が酒肴ののった食膳をはこんできた。ほほえんだよねが、銚子《ちょうし》をもつ。覚山は、杯を手にしてうけ、注がれた諸白《もろはく》（清酒）をはんぶんほど飲んだ。

よねが三味線を弾《ひ》いて唄《うた》い、そのうち、ひとり、ふたりと芸者たちがあつまってきてにぎやかになった。よねを知らねば、若い女たちの匂いにどぎまぎするところであった。

芸者たちには、茶と饅頭《まんじゅう》がだされた。

夜五ツの捨て鐘が鳴るころには、芸者たちはいなくなった。覚山は、内所で待つよねをのこしてぶら提灯を手に見まわりにでた。

見まわりを終えて青柳に顔をだし、よねをともなって住まいにもどった。

夜四ツ（十時）までは呼出しにそなえておらねばならない。きがえると言うよねをとどめて客間へはいり、火鉢の炭に火をおこしてあぐらをかいた。

よねの手をひっぱって膝にすわらせる。よねはかすかにあらがうそぶりをみせたあと、あぐらをかいた脚に尻をのせた。

抱きよせ、口を吸う。

身八口《みやつくち》から手をいれ、胸乳《むなぢ》と乳首を揉《も》み、撫《な》でる。

唇をはなしたよねが吐息をもらし、肩にもたれかかった。

首にかかるよねのなまあたたかな吐息とやわらかな胸乳の感触に、猛り狂わんとする胯間の一物《いちもつ》を内心でこらえろと叱りつけ、脳裡にうかぶ堕落の文字にうしろめたさをおぼえた。

言いわけをする。

——女体《にょたい》を知って、いまだ半月しかすぎておりませぬ。父上、けっして学問を忘れたわけではござりませぬ。どうか、しばしのご猶予を。

やがて、待ちかねた夜四ツの鐘が鳴った。

翌十五日は小正月《こしょうがつ》で、朝は小豆粥《あずきがゆ》を食べる。その色から桜粥ともいう。

朝四ツ（十時）の鐘からほどなく、くぐり戸をあけて長兵衛がおとないの声をかけた。

覚山は、腰をあげ、だしたばかりの書見台を漢籍をとじて居間の隅にもどし、縁側の障子をあけた。

「よねは弟子がきておる。茶をだせぬがあがってくれぬか」

長兵衛が低頭した。

「おそれいります」

沓脱石《くつぬぎいし》からあがって、膝をおり、障子をしめた。

「今朝は曇っておるゆえ冷える。遠慮せず火鉢によってもらいたい」

「ありがとうございます」

長兵衛が膝をすすめた。

「先生、一昨日《おとつい》、なにゆえあのような騒ぎになったかわかりました。そのまえに、かいわいの地廻りについてお話しさせていただきます」

門前町の為助一家のほかに、三十三間堂《さんじゅうさんげんどう》まえの入船町《いりふねちょう》と、寺町《てらまち》うらの蛤町《はまぐりちょう》で、地廻りが一家をかまえている。子分のかずは、門前町が多く、入船町と蛤町はおなじくらいだ。

御番所の廻り方だけでお江戸八百八町のすみずみまで眼をひからせるのはむりがある。そのため、深川《ふかがわ》、両国橋《りょうごく》東西、浅草浅草寺《あさくさせんそうじ》から山谷《さんや》、上野山下《うえのやました》などの盛り場には地廻りが一家をかまえ、縄張《なわばり》に睨《にら》みをきかせている。

「……地廻りもそのときどきによって力のある者が縄張をひろげます。ただいまのところ、入堀通りは為助一家が縄張にしております。数日まえ、山本町の蕎麦《そば》屋八方庵《はっぽうあん》に為助一家の子分三名がまいり、蕎麦を食べたうえに小銭をせびったそうにございます。主が、入堀通りで用心棒を雇い、その申しあわせがあるのでこれまでのようにはいかない、とことわったとのこと。先生には地廻りのことまでお願いしておりません。勘違いしてしまったと詫《わ》びております。まことに申しわけございません」

「なるほど。それで荷物をまとめてでていけと申しておったわけか」

長兵衛がうなずく。

「いまさら勘違いであったですむはずもございません。それで、おもだった者で相談いたしました。八方庵さんが子分に言ったことは入堀通りの総意だということにします。為助一家やほかの地廻りどもとも、できうるならばいっさいのかかわりを断ちたいと思っております。ご迷惑をおかけすることになりますが、お願いできますでしょうか。むろんのこと、用心棒代はあらためて相談させていただきます」

「かまわぬが、殿よりご下命があれば、国にもどらねばならぬ。それはこころえておいてもらいたい」

「承知いたしております。先生も所帯をもたれたことですし、できるだけながく仲町においていただけますよう、お殿さまにおめどおりをお許しいただきましたおりにお願いするつもりにございます」

「長兵衛どの、女のことはいまだよくわからぬのだが、拙者が国へもどらねばならなくなったとしよう。よねは、はたしていっしょにきてくれるであろうか」

長兵衛が、はじかれたように背筋をのばした。眼をまるくしている。よほどに驚いたようだ。

「先生、のこしていくなどとおっしゃったりすれば、ひと騒動です。女は惚《ほ》れると命がけですから、どうか、お国もとへ連れていっていただきます」

「そうか。いっしょにきてくれるか。よねは江戸暮らしがながい。江戸にくらべれば、雲州松江《うんしゅうまつえ》は、それこそ田舎《いなか》だ。夫婦《めおと》になったとはいえ、遠い松江へ行ってくれるか案じておった。そういうことなら、拙者も、殿に一日でもながく江戸におられるようお願いしよう」

長兵衛が笑みをうかべた。

「そうしていただけますれば、たすかります。手前は、これにて失礼させていただきます」

低頭した長兵衛が、立ちあがり、濡れ縁にでて障子をしめた。

まもなく、雨がおちだした。

雨は朝のうちにやんだが、日暮れになってまたふりだした。糸のごとき小雨が夕風にながれたりした。

早めに夕餉と洗いものをすませてきたよねと、暮六ツ（六時）の鐘が鳴り終わるまえに住まいをでた。

覚山は、袋にいれた三味線を左手でにぎって脇にかかえ、右手で蛇の目傘をさした。よねは、扱《しご》き帯で裾をあげ、蛇の目傘とぶら提灯をにぎっている。

青柳までよねを送り、見まわりにでた。

季節は初春だが、川風も雨も冷たい。にもかかわらず、駕籠舁や船頭らは蓑笠《みのかさ》姿で川岸にたたずんでいる。

軒先で雨宿りをしないのは、客をのがすのをおそれてであろう。

挨拶する者らに、覚山は、雨のなか、寒いのにごくろうだな、と声をかけた。

「へい。ありがとうございやす。先生《せんせえ》こそ、ごくろうさまでやす」

雨に蛇の目傘をさす芸者の姿は、風情と色香がある。

柳の葉も雨におもたげであった。

見まわりを終えた覚山は、青柳の暖簾をわけた。内所で待っていたよねと二階座敷へ行く。

ほどなく、ひとり、ふたりと芸者があつまってきた。

しばらくして、ごめんよ、と声がかけられて障子があいた。廊下に北町奉行所定町廻りの柴田喜平次が立っていた。

喜平次が言った。

「すまねえが、ちょいと顔をかしてくんな」

不安げなよねにほほえむ。

「……心配《しんぺえ》しなさんな。おめえの大事《でえじ》な人を連れてったりはしねえよ。ちょいと話がしてえだけだ」

喜平次が顔をもどす。

「そのまんまでいい。すぐにすむ」

覚山は腰をあげ、よねにうなずいた。

顔をむけると、喜平次はすでにいなかった。覚山は、廊下にでて障子をしめた。喜平次は階《きざはし》のところにいた。

喜平次が言った。

「亭主に聞いたが、あの座敷でにぎやかにするってのはおよねの考《かんげ》えらしいな。いいことだ。芸者らが気にしねえで出入りしてる。それでもことわったら、臆病だってことになる。話はそのことじゃねえ、為助一家のことだ。おめえさんの狙いはわかる。

警告だろう。だがな、髷を斬ったんと、尻《けつ》のばってんは、いささかやりすぎだ」

「なにか申してまいりましたか」

「いや。しかけたのは奴らだ。それに、髷を斬られました、刀で尻にばってん印をつけられましたとは、口がさけても言えめえ。そんだけ、奴らの顔をつぶし、恨みをかったってことよ。おいらのほうでも、くだらねえ騒ぎをおこしたら承知しねえぞって為助をおどしておいた。おめえさんも用心してくんな」

「わざわざお報せいただき、かたじけのうございまする」

覚山は低頭した。

「なあに、おめえさんが入堀通りで睨みをきかせてくれりゃあ、そのぶん揉め事がすくなくなる。おいらとしてもたすかるってもんよ。用はそれだけだ。じゃましたな」

喜平次が階をおりていった。

覚山は座敷にもどった。

よねが安堵の笑顔でむかえた。

夜五ツ（八時）も小雨だった。見まわりを終えた覚山は、よねとともに住まいにもどった。

翌十六日は快晴だった。

裏店で独り暮らしだったころは、湯屋は二日か三日にいちどだった。

ところが、所帯をもってからは毎朝かよっている。そうしないとあたしが恥をかくからだという。

夫が毎日湯にはいらぬことがなにゆえ妻の恥になるのか。理屈になっていない。問い、理《ことわり》を説いても、聞いてもらえぬであろうし、けっきょくはしたがうことになる。

わずか半月で、いろいろ学びつつある。

湯屋からもどってきたよねに着替えをてつだってもらい、覚山は住まいをでた。

陽射しがあって暖かく、近場でもあり、着流しでもよいのだが、よねが承知しない。

きちんとした恰好《かっこう》をしていてもらわないと、これまたあたしが恥をかくのだという。つまるところ、妻に恥をかかさぬために、夫たる者は覚悟をきめねばならぬ。それが理不尽であっても、妻帯とは独り身の気儘《きまま》に別れを告げることなのだ。

覚山は、菊川《きくかわ》よこの路地から入堀通りにでた。

柴田喜平次には配慮してもらっている。

裏店に独り暮らしの瘦《やせ》浪人なら、おのずと扱いがちがったろう。雲州松江公のお声がかりであり、永代寺門前仲町入堀通りの料理茶屋万松亭の主長兵衛が世話をしているからだ。

深川一の売れっ子芸者だった米吉《よねきち》ことよねを妻としたのも多少はあるような気がする。げんに、よねが声をかけただけで、幾名もの芸者が青柳の座敷にいれかわりたちかわり顔をだすようになった。

定町廻りは、南北六名ずつで江戸の町家を見まわっている。役目をきちんとはたすには評判も斟酌《しんしゃく》せざるをえまい。芸者は客商売であり、その口はこわい。

殺しがあった座敷でのようすからして、喜平次はいかにも手練《てだれ》の探索方である。

いっぽうのおのれは、なまはんかに書物をかじっているにすぎない。

いらざる口だし、よけいなお世話、とかえって叱責をかうことになるかもしれぬ。

それでも、なにもせぬのは礼を失する。

青柳まえから山形屋五郎兵衛が歩いたであろう帰路をたどる。

奥川橋の桟橋に、屋根船は艫《とも》をこちらにむけていた。そして、船頭は立っていて、座敷には灯りがあった。

刻限は暮六ツ半（七時）じぶん。女将と房次《ふさじ》が、暮六ツ半まえに表で見送っている。

暮六ツ（日の入、六時）から半刻（一時間）もすぎれば、あたりはすっかり夜の帷《とばり》につつまれている。

覚山は、川岸に立って桟橋を見おろした。

背後をゆきかう者らが、いちように一瞥《いちべつ》をなげる。

奥川橋から伊沢町《いざわちょう》の山形屋まで一町半（約一六四メートル）ほどしかない。

対岸を見る。川幅は十間（約一八メートル）ほどだ。左右に眼をやってから、伊沢町のほうへ足をむけた。

つぎの坂田橋《さかた》までは一町（約一〇九メートル）弱。

川が丁字にぶつかるかどを南へ行けば、三町半（約三八二メートル）ほどで大島川河口にたっする。北は、一町半余で油堀《あぶら》だ。

覚山は、北へおれた。

山形屋は、暖簾がなく、雨戸に〝忌中〟の張り紙がしてあった。

房次が青柳座敷で殺されたのが九日、五郎兵衛が佃島《つくだじま》の浜で見つかったのが十二日の朝だ。房次とおなじ夜に死んだのなら、昨日《さくじつ》が初七日である。見つかった朝からなら、十八日になる。

あるいは、四十九日の法要がすむまで喪に服するのかもしれない。

伊沢町のとなりが一色町《いっしきちょう》だ。かどをまがり、油堀ぞいにすすむ。

黒江橋《くろえ》までもどってきた。

青柳から山形屋まで帰るのに、油堀を行くと一色町のかどから一町余ももどるかたちになる。伊沢町のかどからなら、山形屋は四軒めだ。気分としてもちかい。つまり、帰路は奥川橋のまえをとおるということだ。

黒江橋にも栈橋がある。ここで待っていたほうが奥川橋よりもさらにたしかだ。

――なにゆえそうしなかったのか。

覚山は、胸中でつぶやき、黒江橋をわたって住まいにもどった。

暮六ツ（六時）の見まわりにでると、堀留ちかくの川岸に松吉がいた。

にこやかな顔でよってくる。

覚山は立ちどまった。

「先生《せんせえ》、ごくろうさまでやす」

ぺこりと辞儀をしてなおった松吉に、覚山はほほえんだ。

「客待ちか」

「半刻（一時間）の直しをいれたそうで。いったんもどってもいいんでやすが、いつもあっしを名指ししてくれる大事《でえじ》なお客なんで、待つことにしやした。早《へえ》くでてきたのに、こっちが栈橋につけるのに手間どってちゃあ申しわけねえんで」

「なるほどな。よき心がけだ。ところで、毎日見まわりをしていて気づいたことがある。川岸にこれだけ船頭や駕籠舁がいるのに、誰も芸者をからかったりせぬ」

「そんなことしたら、入堀に出入りできなくなっちまいやす。本気で惚れるんならかまいやせん。酒も女も断って一途に何年《なんねえ》も待ちつづけ、想いがかなって所帯《しょてえ》をもった果報者《かほうもん》がおりやす。けど、からかったり、ちょっかいをだすのは法度《はっと》でやす。まあ、あっしらには縁のねえ話でやすが、芸者のほうから言いよるってのも、あるようで」

松吉が邪気のない笑顔をうかべる。

「そのような噂があるのか」

「気にしねえでおくんなさい。みな、うらやましいんでやす。先生《せんせえ》は、学問だけじゃなく、腕もたつ。男勝りの米吉姐《ねえ》さんが惚れるんもわかりやす」

「わしのほうこそ、よねを心よりいとおしく思っておる」

松吉が、眼をまるくする。

「先生《せんせえ》、まじな顔でのろけねえでください」

「べつだんのろけておるわけではない。まじめに働いておれば、そのうち、よきあいてにめぐまれよう。じゃまをした。しっかり稼ぐがよい」

堀留をまわって山本町の通りにはいる。

蕎麦屋八方庵から、腰高障子をあけ、暖簾をわけて柴田喜平次がでてきた。斜めうしろに御用聞きの弥助《やすけ》がつづく。

覚山は、立ちどまって上体をむけ、一揖《いちゆう》した。

喜平次が言った。

「ちょいと話がしてえ。歩きながらでかまわねえんでつきあってくんな」

「かしこまりました」

あいては役人である。さきをゆずろうとすると、喜平次がよこに並ぶようううながした。

並んで歩く。弥助がうしろにしたがう。

喜平次が、ちらっと眼をむけた。

「おめえさん、今朝、川岸で奥川橋の桟橋を見ていたそうだな」

「気になることがあると、たしかめたくなる性分にござりまする。ご迷惑でしたら、やめまする」

「なにが気になるんか、教えてくんねえか。それで考《かんげ》える」

「申しあげまする」

山本町の船宿有川《ありかわ》の船頭松吉が、ときおり住まいをおとずれることを告げた。

松吉によれば、おなじ山本町の船宿千川《せんかわ》の船頭善八《ぜんはち》が、奥川橋の桟橋におりていく山形屋五郎兵衛らしき姿を見ている。

それで、青柳からの帰路をたどり、油堀のほうもまわってみた。

帰路としては、黒江川から奥川橋のまえをとおるほうがちかいように思える。しかし、それでもかならずそこをとおるとはかぎらない。黒江橋の桟橋で待っていたほうがたしかである。なにゆえそうしなかったのか。

「……そこで、愚考いたしました。山形屋の帰りを待ちうけていたのではなく、山形屋のほうがそこで待つよう申したのではあるまいか、と」

猪ノ口橋をのぼっていた。

黙ったままおりたところで、喜平次が川岸をしめし、ふりかえった。

「青柳へ行って、この先生《せんせえ》はおいらと話してるんでちょいと遅くなるってな。およねに、心配《しんぺえ》しねえでにぎやかにやってるよう言っときな。あの座敷が静かだと、なにかあったんじゃねえかと客が勘ぐる」

「へい。わかりやした」

低頭した弥助が、去っていく。

喜平次が顔をもどした。

「おいらの考《かんげ》えもおんなしだ。奥川橋の屋根船は、山形屋が待たしてた。それでまちげえねえと思う。こういうことだ」

四日の朝、山形屋手代が置屋に行き、八日と九日の房次の座敷を訊いた。

八日は夕七ツ（四時）からと暮六ツ（六時）からの座敷があった。九日は、昼八ツ（二時）からの武家をまねいての座敷と、暮六ツ半（七時）からの座敷がはいってい
た。武家がらみの座敷は直しがはいることが多い。それで、夕七ツ半（五時）からの座敷になった。

「……青柳のあと、ほかへ出向く。なら、青柳のめえで屋根船にのればいい。知られたくねえんで、めだたぬように奥川橋の桟橋にした。それだけかい」

覚山は眉根をよせた。

ためされている。

喜平次に顔をむけた。

「山形屋は小田原提灯を持参しておりまする。帰路は宵になるゆえ懐にしていたのであろうと思うておりましたが、屋号入りではどこにいたかがわかってしまいまする」

喜平次が顎《あご》をひく。

「女将にたしかめたが、どこの屋号だか憶えてなかった。すくなくとも青柳のものじ

やあるめえよ。ほかには」

「房次のつごうをたしかめて、あいてと会う刻限をきめた。座敷の忘れもの。山形屋が、たいしたものではないがしばらくあずかってもらえまいかと託した。山形屋はついでにというふうに話し、房次も気軽にあずかった。それゆえ、座敷に忘れ、去っていく山形屋を見て想いだした」

喜平次が笑みをこぼす。

「房次が想いだしたんじゃねえ。山形屋が、あれ、たのみますよ、って言った。芸者と客とのやりとりだ。そういえばって女将が想いだした。まだたしかじゃねえが、房次は山形屋とわりない仲かもしれねえ。ふたりのやりとりから、女将はそうかもしれねえって思ったそうだ。だから、聞こえねえふりをした。するってえと、山形屋に疵がなかったのも知ってるな」

「聞きました」

「おいらは殺しと睨んでるんだが、思いあまって身を投げたってのも考《かんげ》えられなくはねえ。用心のためか、万が一のために、房次にあずけた。座敷に置き忘れるようなありふれたものだ。弥助は、熊井町《くまいちょう》の正源寺《しょうげんじ》参道で笹竹《ささたけ》って居酒屋をやってる。女房がきよって名で、元芸者だ。およねとは顔なじみだから、なんか思いつくことがあったら報せてくんな」

「承知いたしました。それと、わざわざ通りをいっしょに歩いてくださり、かたじけのうござります る」

「なあに、いいってことよ。行こうか」

青柳のまえで、弥助が青柳の屋号がしるされた小田原提灯を手に待っていた。

覚山は、喜平次にあらためて礼を述べた。

三

門前仲町から赤坂《あかさか》御門内の松江松平家上屋敷まで、おおよそ一里半（約六キロメートル）ある。

以前は、万松亭で朝餉をすませたあと、握り飯のはいった行李柳《こりやなぎ》の弁当行李《こうり》をもってそのままでかけた。そのほうが文庫でながくすごせるからだ。

しかしいまは、よねが湯屋からもどってからしたくをはじめるので、でかけるのが朝四ツ（十時）まえになってしまう。

出仕したむねをとどけて文庫に行くのだが、殿よりお声がかかれば拝謁せねばならない。以前は、暗くなってからでもかまわなかったが、いまは夕七ツ半（五時）までにはもどらねばならない。殿よりご下問があれば、文庫でゆっくりとすごすひまがなくなる。
なにかを得ることは、なにかを失うことだ。世間に染まるほど、無垢な心を失う。
得る喜びがおおきければ、払う代償もおおきい。
十七日は曇り空だったが、十八日はよく晴れた。
覚山は、借りていた書物をつつんで住まいをでて、夕七ツ（四時）の鐘を帰りの永
代橋で聞いた。
暮六ツ（六時）の鐘が鳴り、見まわりにでた。
昨日《さくじつ》の朝、青柳の主と女将がそろって挨拶にきた。木場《きば》の旦那衆が、あの米吉が心
意気をみせてるのに、男としてひっこんでられるかと座敷をおさえたのだという。よ
ねはまんざらでもなさそうな顔で聞いていた。
見まわりからもどって、居間で長火鉢をまえにしてほどなくだった。庭のくぐり戸
が開閉する気配に、覚山は茶碗をおいて障子に顔をむけた。
よねが立ちあがる。
「先生《せんせえ》」

よねが障子をあけた。

清次《せいじ》だった。万松亭板場《いたば》の若い衆《しゅ》である。年齢《とし》は二十《はたち》。十五歳の春に見習となり、昨年からようやく庖丁《ほうちょう》をにぎらせてもらえるようになった。陰日向《かげひなた》なくまじめに修業するので、主の長兵衛は気にいっているようであった。

沓脱石のまえで足をそろえた清次が、低頭してなおる。

「旦那さまが、お願《ねげ》えできねえかと申しておりやす。たまに姿をみせる浪人者《もん》たちがおりやす。そのうちの二名《めえ》が、通りにへえってきたそうで。ぶらぶらして難癖をつけ、ゆすりたかりをしやす」

「あいわかった」

清次からよねに顔をむける。

「このままでよい」

羽織と袴《はかま》はぬいだばかりだ。着流しの腰に大小をさし、八角棒二本を手にした。径《けい》が一寸（約三センチメートル）、長さが一尺五寸（約四五センチメートル）の樫《かし》の棒だ。

あいての技倆《ぎりょう》しだいだが、できうれば刀は抜きたくない。

沓脱石の草履《ぞうり》をはく。

清次がくぐり戸をひいた。

路地から万松亭の庭をぬける。表の土間にめんした板間で長兵衛が膝をおってい
た。

「先生、ごくろうさまにございます」

「騒ぎは」

「まだにございます。堀留から猪ノ口橋まで行ってはひき返し、ささいなことで言い
がかりをつけますので、みな、難儀《なんぎ》しております」

「そうか」

長兵衛が、右手でにぎっている八角棒に眼をやった。

「先生、それは」

「できうれば血を流したくない。遣い手ならそうもいかぬがな」

「よろしくお願いいたします」

かるく低頭した長兵衛にうなずき、覚山は土間から通りにでた。

猪ノ口橋のほうから、通りのまんなかを袴姿の浪人二名がやってくる。羽織は着て
いない。

ほかの者は通りの端を歩いている。二名を追いこす者もいない。

通りのまんなかへでた覚山は、猪ノ口橋のほうへ躰をむけ、仁王立ちになった。

浪人ふたりが、顔を見あわせた。肩を怒《いか》らせ、睥睨《へいげい》していた足どりがいくらか用心ぶかくなる。

鍛錬してないのはあきらかだ。技倆が錆《さ》びついているだけでなく、襟《えり》がてかっている布子《ぬのこ》（木綿《もめん》の綿《わた》入れ）とおなじく性根も垢《あか》にまみれている。ゆすりたかりをはたらくなど、地廻りと変わらぬ。

ふたりとも中肉中背で三十代のなかばすぎ。右が将棋顔で、左は下駄顔だ。将棋顔は右眉根のうえにまるくとびでた黒子《ほくろ》がある。

川岸に、駕籠舁と船頭たちがあつまりつつある。

ふたりが立ちどまる。

下駄顔が言った。

「往来の邪魔だ。どけ」

覚山は、鼻孔から息をもらした。

「まわりを見るがよい。みな、迷惑している。わるいことは言わぬ、立ち去り、もうここへはまいるでない」

将棋顔が八角棒に眼をやった。

「その棒はなんだ。棒きれであいていたすというのか」

「意地をはらずに消えてくれぬか」

顔を見あわせたふたりが、よこに一歩ずつひろがり、抜刀した。そのまま上段にもっていき、左手で柄頭《つかがしら》をにぎる。

覚山は、肩でおおきく息をして、八角棒の一本を左手にうつした。

仕官先をもとめて九州にわたった父は、伝手《つて》をたよって二天一流《にてんいち》の道場にしばらく厄介になった。そのおり、兵学を説くかたわら、二天一流を学んだ。

二天一流は、宮本武蔵《みやもとむさし》が興《おこ》した流派である。

もとは円明流《えんめい》といった。肥後熊本《ひごくまもと》の細川家《ほそかわ》へまねかれ、細川家菩提寺《ぼだいじ》である泰勝寺《たいしょうじ》の春山和尚《しゅんざんおしょう》から〝二天道楽〟の法号をいただき、流名にしたという。

しかし、宮本武蔵については、その生誕地をふくめて異説が多々ある。

父は二刀流に他流で学んだ小太刀《こだち》の技をとりいれ工夫した。

覚山は、両足を肩幅の自然体《じねんたい》にひろげて両手の八角棒を左右にたらしていた。眼はふたりのあいだの地面におとしている。

――水形流《すいぎょう》、不動《ふどう》の構え。

川端から声がとんだ。

「どうした、へっぴり腰。達者なのは口だけかい」

嘲笑がはじける。

恥辱を浴び、ふたりの両肩が殺気にふくらむ。

「オリャーッ」

「死ねーッ」

振りかぶってとびこんできた。

──後《ご》の先《せん》。

こちらが動かぬものと間合を割ってきた。

白刃二振りが夜空を裂く。

ふたりのあいだに、おおきく右足を踏みこむ。八角棒が弧を描いて奔る。左右斜めうえから迫る白刃の鎬《しのぎ》を叩《たた》き、小手をみまう。左の下駄顔は右手親指を、右の将棋顔は右手首を撃つ。

八角棒を撥《は》ねかえらせ、さらに腕ごと柄《つか》に一撃。

ふたりの刀が落ちる。

あいだを駈けぬけ、反転。不動の構えをとる。口をすぼめ、息をはく。

ふたりがふり返った。顔をゆがめている。左手で脇差の鯉口《こいぐち》をにぎっているが、右手を柄にもっていけない。

痛みと痺《しび》れのせいだ。手加減せずに打った。下駄顔の親指は、とうぶん使いものになるまい。あるいは砕けているかもしれない。

川端から声がかかった。

「先生《せんせえ》、二度とこられねえように髷を斬りとばしておくんなさい」

覚山は、顔をむけずにこたえた。

「それもそうだな」

万松亭へ眼をやる。長兵衛や女将のこうのほかに、嫡男の長吉《ちょうきち》と板場の者、女中たちもいた。

長兵衛がでてきた。

覚山は、軒下のほうへまわりながら、首をめぐらした。

左手で刀をひろった下駄顔と将棋顔が、駆け去っていく。

「ざまあねえや」

「一昨日《おととい》きやがれ」

顔をもどす。

長兵衛がにこやかにほほえんでいる。

「先生、おみそれいたしました」

「なあに。修行をおこたれば、腕はにぶる。あいてがなまくらだっただけだ」

長兵衛をうながして土間にはいり、裏庭をぬけて住まいにもどった。

夜五ツ(八時)、ぶら提灯を手にして見まわりにでると、船頭や駕籠舁たちが声をかけてきた。

「先生《せんせえ》、逃げられちまいやした」

「つぎは、まちげえなく髷を斬りとばしておくんなさい」

「尻《けつ》にばってんもお願《ねげ》えしやす」

山本町の通りでは、先生《せんせえ》、仲町ばっかりひいきにせず、こっちでもお願《ねげ》えしやす、と言われた。

覚山は苦笑した。

翌十九日朝、湯屋からもどってほどなく、長兵衛がきた。覚山は、あがるように言い、てつに茶を申しつけた。

初春も、明日《あす》からは下旬。陽射しがあれば春らしい陽気になりつつある。

そんな話をしていると、てつが、盆で茶をもってきて長火鉢におき、辞儀をしてもどった。

長兵衛が、茶を喫した。

「先生、昨夜《ゆうべ》、入堀通りのおもだった者が手前どもにあつまりました。みな、先生にはこのままずっといていただきたいと申しております。それで、用心棒代のことですが、二分ずつふやして仲町が二両、山本町が一両二分、あわせて三両二分ということでお願いできますでしょうか」

武家奉公人の最低年俸は三両一人扶持《いちにんぶち》だ。〝さんぴんざむらい〟との蔑称の謂《いわ》れである。

ただし、衣食住がついている。一人扶持は、一日に米五合、一年でおおよそ一石八斗になる。十斗で一石であり、一石はほぼ一両なので、年収が五両弱ということになる。一両十五万円で計算して七十五万円。独り身で贅沢《ぜいたく》しなければ、年に五十万円ほどを貯えにまわすことができる。

ちなみにおなじように換算すると、町奉行所同心の年収三十俵二人扶持はおおよそ二百三十四万円になる。

三両二分は五十二万五千円。じゅうぶんな月収である。しかも、松江松平家から半期ごとに六両（九十万円）の収入がある。

「かたじけない。おまかせいたす」

「ありがとうございます。それでは、来月よりそうさせていただきます。それと、わたくしごとで申しわけありませんが、お願いがございます」

「なにかな」

「倅《せがれ》の長吉が先生に剣を習いたいと申しております。お考え願えますでしょうか」

「ほう、剣をな。ふむ」

「だめでしょうか」

「そうではない。ただ、なにゆえ剣を学びたいのかな。じかに訊いてみたい」

「はい、それはもう。すぐにうかがわせます」

膝に両手をおいて低頭した長兵衛が、中腰になってさがり、縁側の障子を開閉して去っていった。

長兵衛は四十八歳で、嫡男の長吉は十八歳。内儀のこうは四十四歳。子は三人で、長吉の姉ふたりはすでに嫁いでいる。

覚山は、昨日の長吉を想いだそうとした。だが、漠としている。

よくいえばおとなしい。しかし、跡取りとしてとらえると、いささか気が弱くたよりない。それが、長兵衛の心労の種であった。

よねがもどってきた。

覚山は、理由《わけ》を話して長吉がきたら座をはずすよう言った。

庭のくぐり戸があけられ、しめられた。

まがあった。

「あのう、先生」

声がこわばっている。

よねが、立ちあがり、縁側の障子をあけた。

「長吉さん、どうぞおあがりなさいな」

「あっ、は、はい。おじゃまします」

沓脱石から縁側にあがり、敷居をまたいで膝をおった。羽織に長着。余所行《よそゆ》きの恰好だ。

よねが、長兵衛の茶碗をもって居間をでた。

覚山は、やわらかく言った。

「遠慮せずともよい。話がしたいのだ、もそっとよりなさい」

「は、はい。ありがとうございます」

長吉が、一歩ぶんほど膝行《しっこう》した。

覚山はほほえんだ。

「おおきく息をすって、ゆっくりはきなさい」

長吉の肩が上下する。

「いまいちど」

ふたたび上下した。

「それでよい。はじめに申しておく。訊いたことに正直にこたえなさい。けっして怒《おこ》ったりはせぬ。よいな」

「はい」

「剣を学びたいそうだが、昨夜《ゆうべ》は店《たな》のまえで見ておったな、それでか」

「あのう、それだけではありません」

「話してみなさい」

「はい。播粉木で船頭や駕籠舁たちの頭を殴ったのも見ておりました。すごいと思いました。為助一家のおりは見ておりません。ですが、話を聞きました。先生、浪人たちは刀を抜いておりました。それをあっというまに。強くなりたいのです。お願いします」

長吉が畳に両手をついて低頭した。

「顔をもどしなさい」

長吉が上体をもどした。

覚山は、おだやかに言った。

「通りで喧嘩がある。地廻りや痩浪人のゆすりたかりや、酔って乱暴狼藉《らんぼうろうぜき》をはたらく者もおろう。言っておくが、あの浪人ふたりは何年も稽古をしておらぬ。だから勝てた。習ったからといって、すぐに強くなれるものではないぞ」

うなだれ、肩もおちる。

覚山は、内心で吐息をついた。

「顔をあげなさい」

長吉がしたがう。

「なにゆえ強くなりたい」

「はい。……手習所《てならいどころ》（寺子屋《てらこや》）で、読み書きも算盤《そろばん》もうまいのがおりました。ひとりやふたりではありません。いつも負けていました。板場の者は威勢がよく、なんだか気後れがしてしまいます。ほかにも、女中たち、下働きもおります。父のようにみなをたばねてやっていけるのか、自信がありません」

「長兵衛どのに、そなたとおなじ年ごろにどうであったか訊いたことがあるか」

またしても畳に眼をおとした長吉が首をふる。

「ございません」

「長吉」

顔をあげた。

「はい」

「わしは父より学問と剣をおそわった。父はたいへんきびしかった。村の子らに読み書きを手ほどきするさいはやさしいのに、わしには容赦がなかった。くやしくて、父に知られぬように泣いたこともたびたびだった。人は、だれしも、悩み、苦しみ、ねたみ、しくじり、くやむ。それをくり返し、学び、おとなになってゆく。若さゆえに迷う。迷うからこそ悟りがある。素直にみずからを語り、長兵衛どのはどうであったかを問うてみることだ。よいな」

「こたえてもらえるでしょうか」

「それはわからぬ。だが、問うてみなければ、永久《とこしえ》にわからぬ。いたすまえからだめかもしれぬでは、なにもできぬ。剣を学びたいのであれば教えよう」

表情に安堵《あんど》と喜びがうかぶ。

「ありがとうございます」

ふたたび畳に両手をついた。

覚山はなおるまで待った。

「石のうえにも三年、との俚諺《りげん》……諺《ことわざ》がある。三年我慢してすわりつづければ、冷たい石も暖まるという意味だ。はじめのうちは、おなじことのくり返しゆえ、剣の修行はおもしろくない。だがな、百年、二百年にわたる工夫でそうなった。教えるからには厳しく鍛える。ひと晩よくよく思案し、気持ちが変わらねば、明日《あす》の昼にまいるがよい。稽古着と木刀を求めにゆこう」

「はい。ありがとうございます」

満面の笑顔で低頭した長吉が、縁側でさらに一礼して障子をしめた。

よねがきた。

経緯《いきさつ》を話していると、くぐり戸が開閉した。

「先生《せんせえ》」

松吉だ。

よねが、腰をあげて縁側の障子をあけた。

「おはようございやす。およねさん、春の陽気でやすね、いちだんとかがやいておりやす。おてんとうさまが、負けたって雲隠れしちまいまっせ」

「おまえはね、みさかいなく言うから、だぁれも信じやしないんだよ。おあがんなさい、お茶を淹れてくるから」

笑顔だったのが、陽が翳《かげ》ったがごとくしょぼんとした表情であがってきて、敷居をまたいだところで膝をおった。

障子をしめたよねが、居間をよこぎり、襖をあけてしめ、厨へ行った。

「松吉」

「へい」

「もそっとよるがよい。よねに悪気《わるぎ》はない。おまえのことを思うて申しておるのだ」

松吉が、膝立ちで長火鉢のまえまですすんだ。

「わかっておりやす。およねさんは、口はわるいが気はやさしいって知っておりやす。昔からそうでやした。あっしもね、一日にひと口かふた口くれえですませ、三年にいっぺんくれえ口の片隅でにやっとするくれえのにがみばしった男になりてえと、つねづね思っておりやす。思ってはおるんでやすが、考える《かんげ》めえにしゃべっちまうんで。なんとかなりやせんかねえ」

「めげずにがんばることだ」

「へい、がんばりやす。それよか、先生《せんせえ》、昨夜《ゆうべ》も見そこなっちまいやした。騒ぎがあったんは、あっしが万松亭のめえでお客をのせたちょいあとだったそうで。おしいことをしやした。それと、あっしが堀留でお客を待ってた日、山本町の通りで蕎麦屋からでてきた八丁堀の旦那に呼びとめられておりやした。そのあと、猪ノ口橋んとこでしばらく話しておったそうで。あっしがよけえなことをしゃべったばっかりに、眼えつけられたんなら申しわけありやせん」

襖があき、はいってきたよねが松吉のまえの長火鉢に茶碗をおいた。

よねが猫板のところにすわるのを待ち、覚山は松吉を見た。

「そうではない。地廻りどもに恥をかかせた。門前町の為助とやらを脅しつけてもらったそうだが、柴田どのは念のためにごいっしょしてくださったのだ。房次や山形屋についても、思いつくことがあれば、正源寺参道の笹竹まで報せるようおっしゃっておられた」

「弥助親分とこへ。そいつぁよかった。みなにも、心配《しんぺえ》しねえように言っておきやす」

「気をもませたな。これからも、なにか耳にしたら教えてくれ」

「へい。先生《せんせえ》のおかげで喧嘩がへりやした。みな、よろこんでおりやす。およねさん、馳走《ごち》になりやす」

茶を飲んだ松吉が、辞去した。

四

翌二十日も、陽がのぼるにつれてまぶしいほどの青空がひろがった。

昼九ツ（正午）から小半刻（三十分）あまりすぎたころ、万松亭の女中がくぐり戸をあけてやってきて、九ツ半（一時）じぶんに長兵衛と長吉とがお迎えにきたいがよろしいでしょうか、と訊いた。

覚山は、承知し、女中がくぐり戸に消えると苦笑した。

長兵衛もぞんがい子煩悩である。しかし、すぐに苦笑をぬぐった。

――幾人も奉公人がいて、なじみの客もいる。殿も、料理茶屋は万松亭のみだと聞く。それだけ倅の代への不安をかかえているのであろう。

食器などの洗いものをすませたよねが、着替えをだしてきててつだった。

着替えはひとりでもできる。独り暮らしのおりは、ひとりでやっていた。だが、やらせないと、すねる。寝所で、背をむけられ、さからうのをあきらめた。

陽射しがあれば、影の向きと長さによって刻限がわかる。

昼九ツ半になったころ、戸口の格子戸があけられ、長兵衛がおとないをいれた。

永代寺かいわいにも武家屋敷はある。しかし、町家と寺社のほうが多い。竹刀《しない》防具を商う店は、高橋《たか》で小名木川《おなき》をわたってまっすぐ二町（約二一八メートル）ほどさきの森下町《もりしたちょう》まで行かないとない。

樫の八角棒も、そこで求めた。

稽古着は三着もあればよかろうと言ったが、朝っぱらから汗臭い恰好でうろつかせるわけにはまいりません、と長兵衛は六着も買った。それに、刀と脇差しの長さの木刀。長兵衛は、竹刀のほうがよいのではないかと口をはさみ、面や胴、籠手《こて》などもそろえたがった。

覚山は、わが流においては不要とみとめなかった。

荷は夕刻までに手代がとどけることになった。万松亭までいっしょにもどった覚山は、明朝より、雨がふらぬかぎり、暁七ツ半（五時）にまいるように、と長吉に言った。そして、長兵衛には、ついてこずともよいぞと釘を刺した。

翌二十一日の夜明けまえ、雨戸をあけて庭のくぐり戸の閂《かんぬき》をはずした。

毎晩、夜四ツ（十時）の鐘が鳴ってしばらくしても呼びだしがなければ、二階の寝所に行く。よねが床をのべ、寝巻《ねまき》を用意して待っている。下帯だけになり、寝巻を着ずに、よねの帯をほどくことが、まま、しばしば、ある。よこになってから、よねの寝床《ねどこ》にゆくこともだ。

われながら、あさましく思う。だが、いかんともしがたい。いずれそのうち飽きるかもしれぬが、目覚めが遅かったゆえ、いまだその境地に達していない。

そうでない夜は、すぐさま寝る。そして、暁七ツ（四時）の鐘で眼をさます。小半刻（三十分）ほどまどろみ、あるいはよねの唇をうばい、赤児のごとく乳首にむしゃぶりつき、未練がましく寝床をはなれる。

武士たる者、寝床をはなれたからには病に倒れたりせぬかぎりはよこになるべきではない。たてまえとしてはそうである。だが、睡魔に襲われることがある。そのようなおりは、やむをえぬのでしばしの惰眠をむさぼる。

壁に頭をあずけることもある。髻《もとどり》が短いからできる。それでも、髪油《かみあぶら》で壁をよごさぬように手拭をあてる。

よねに膝枕することもある。壁に頭をあずけ、よねを抱いてふたりで寝ることもある。それがもっとも心持ちよい。

それもこれも、夜四ツまで起きているからだ。武家も町家も、なにもなければ灯油がもったいないので夜五ツ（八時）ごろには寝る。

武士は食わねど高楊枝というが、食わねば死ぬ。睡魔もあらがいがたい。たてまえだけでは生きてゆけぬ。

門をはずしてほどなく、稽古着姿の長吉がやってきた。

覚山は、基本がいかにだいじかを説いた。

はじめにみょうな癖がつくと、なかなかなおらない。つまりは、上達のさまたげにもなる。

まずは、持ちかたから。刀はかならず左手で鞘をもつ。なぜなら、右手で抜くからだ。

柄の握りかたは、左手で柄頭をしっかりと握りしめ、右手は鍔《つば》のしたをかるく握る。そうすることで、左手を起点にして右手で自在に刀をあつかうことがかなう。

つぎに、木刀を腰にささせて抜きかたを教える。木刀に鍔はない。しかし、あるものとして、左手で鯉口を握り、親指で切る。そのさい、すでに鍔したを右手で握っていてもよいし、鯉口を切ってから握ってもよい。それをくり返させる。

それから、構え。上段、中段、下段、八相、脇構えを、握りと刃、切っ先の向きまで、なにゆえそうなのかを説き聞かせる。中段は、別名〝せいがん〟といい、流派によって〝正眼〟や〝青眼〟の字をあてる。

そして、素振り。その足はこび。

持ちかたから素振りまで、じっさいにやってみせ、やらせ、なおさせる。

明六ツ（日の出、六時）の鐘が鳴るころには、長吉は額に汗をうかべていた。覚山は、これまで、と言って長吉を帰した。

教えることは、学ぶことである。長吉に語りながら、父の教えを思いおこし、たしかめていた。

朝餉をすませ、よねも湯屋からもどってほどなく、長兵衛とこうが挨拶にきた。戸口からであったので、客間で対した。

ふたりともうれしげであった。

盆で茶をもってきたよねが、ふたりのまえに茶碗をおき、よこのややうしろにひかえた。

長兵衛が、束脩《そくしゆう》と謝儀《しやぎ》をもちだした。束脩は入門のさいの礼物であり、謝儀は月ごとや半期ごとなどにおさめる謝礼である。手習所も町道場も、それはかわらない。

束脩というあらたまった品は不要であり、謝儀は屋根もない庭で半刻（一時間）ほど教えるのであるから半期に二朱金一枚（八枚で一両）でどうであろうと言うと、長兵衛が承知せず、二枚ということでおりあいがついた。

ふたりが、あらためて礼をのべた。

よねもうれしげであった。なにゆえかを考え、すぐに思いいたった。用心棒をひきうけるさいもそうであった。門前仲町とのかかわりあいがうれしいのだ。つながりができるほどにこの地を去りがたくなる。

松江松平家の家臣ではない。いわば客分のごときものである。しかしそれでも、手当を頂戴しているからには、主命にはしたがわねばならない。江戸には殿の命にしたがってきた。国にもどれとの下知《げじ》があればもどらねばならぬ。

朝四ツ（十時）になり、よねの弟子がきた。

覚山は、書見台を縁側ちかくにだした。

昼食をすませた覚山は、着流しから羽織袴姿になって住まいをでた。

青柳に行っておとないをいれると、主の理左衛門がでてきた。膝をおった理左衛門に、覚山は訊いた。

「想いださせてすまぬが、房次が殺された夜、誰か見知らぬ者を見ておらぬか。たとえば、芸者はどうだ」

「北御番所の柴田さまもおたずねにございました。見たかもしれませんが、誰も憶えておりません。柴田さまは、やはりなとおおせにございました。こういうことにございます」

門前仲町から、かいわいばかりでなく、両国橋西広小路の柳橋《やなぎばし》や薬研堀《やげんぼり》、さらには向島《むこうじま》、谷中《やなか》、吉原《よしわら》へ行く客がいる。そのさい、屋根船に芸者をのせて迎えにくることがしばしばある。門前仲町から屋根船の座敷に芸者と酒肴《しゆこう》をととのえて迎えにいくことも、送っていくこともよくある。

それゆえ、見知らぬ芸者がいても、料理茶屋の者はいぶかしく思わない。料理茶屋ばかりでなく、通りにある甘味《かんみ》の見世《みせ》や一膳飯屋、蕎麦屋などでもおなじであろう。

覚山は言った。

「なるほどな。あいわかった」

「先生、あの座敷のこともそうですが、お気づかいいただき、お礼を申します」

「いやなに。じゃまをした」

覚山は、青柳をあとにした。

柴田喜平次はとうに気づいていた。おのれは、やはり素人《しろうと》にすぎぬ。

九日の夜、房次が殺されていた座敷で喜平次に得物《えもの》を問われ、剃刀《かみそり》ではあるまいかとこたえた。同意した喜平次が、庖丁や匕首、女の守り刀もありうると言った。あのおりすでに、女のしわざかもしれぬと考えていたのだ。

むこうは探索が本務である。くらべるほうがおこがましい。

こちらは十日余もすぎて、ようやく、もしや芸者のしわざではあるまいかと思いついた。

芸者ならば、料理茶屋の座敷に出入りしていてもいぶかしむ者はいない。怪しまれないとなると、深川芸者だ。しかも刃物の心得がある。となると、武家の娘。むろん、武家の出であるのは隠している。それでも、置屋を質《ただ》せば判明する。武家出の芸者。いても数名であろう。

そう考えて青柳をおとずれたのだが、とんだ勇み足であった。やはり、餅《もち》は餅屋である。素人が口だしすべきことがらではない。

覚山は、住まいにもどった。

よねは稽古をはじめていた。客間の襖をあけて詫びるよねにほほえみ、覚山は二階へ行って羽織と袴を脱いで衣桁《いこう》にかけ、居間で書見をはじめた。

翌二十二日の朝も、二十三日の朝も、長吉はちゃんとやってきて稽古にはげんだ。

春とはいえ、日の出まえは冷える。二十三日は、冬にもどったかのような冷たい風が吹いていた。刻限に顔をだした長吉を見て、これなら長続きするかもしれないと、覚山は思った。

湯屋からもどる刻限をみはからったかのように長兵衛がきた。

覚山は、あがるように言い、厨へ行っててつに茶を申しつけた。

居間にもどった覚山は、長兵衛に火鉢によるように言って、膝をおった。

明けがたは霜が張っていた。しだいに低く鼠《ねずみ》色がかってきた雲のようすからして雨になりそうだといったことを話していると、てつが盆で茶をもってきた。

覚山のまえにおき、そして長兵衛のまえにおいた。

辞儀をしたてつが、廊下にでて膝をおり、襖をしめた。

長兵衛が、やや身をのりだした。案じ顔だ。

「先生、倅はいかがでございましょう」

「今朝も、あの寒さのなかをやってきた。このまま月末《つきずえ》までつづけば、気まぐれではあるまい。期するところがあるのではないかな」

「はい。これまでのように起こさずとも、暁七ツ（四時）の鐘で眼をさましているようにございます。早起きするため、夜更かしすることもなくなりました」

「おなじ年ごろのころに長兵衛どのがどうであったか訊いてみるよう、長吉に申したが」

長兵衛がうなずく。

「考えてみれば、倅とあのようにきちんと話したことはありませんでした。お礼を申します。父は十二年まえ、母は八年まえにみまかりました。父は短気なところがあり、手前はちいさなころから怒られた憶えしかございません。父は、長吉も叱ってしつけておりました。それで、手前はできるだけ怒るまいとみずからに言いきかせました。そのことをふくめ、長吉と話しました。まことにありがたくぞんじます」

長兵衛が、膝に両手をおいて低頭した。

「強くなりたいと申しておったが、強いおのれになろうとしているように思える」

長兵衛が眉根をよせる。

「先生、どういうことにございましょう」

「あいてに勝つために強くなりたいのではなく、おのれに自信をもつために強くなりたいと望んでいるような気がする。奉公人をつかう自信。それの支えとなる強さだ」

「倅がそのようなことを」

「いや、はっきりそう申したわけではない。稽古にうちこむようすを見ていて、そうではあるまいかと思うたまでだ」

「先生、ご指導のほど、よろしくお願いいたします」

長兵衛がふたたび低頭した。

上体をなおすのを待ち、覚山は言った。

「長吉は、いましばらくようすをみよう。ところで、これは北町奉行所の柴田どのより聞いたのだが、九日の夜、青柳の女将は、見送りにでた通りでの房次と山形屋のやりとりを見て、ふたりがわりない仲ではあるまいかと思ったそうだ。それについて、なにかぞんじておることはないか」

「柴田さまが先生にそのようなことを……。手前はなにも耳にしておりません。あとでこうにもたしかめておきます。ですが先生、これがどういうことなのかをお話ししなければなりません」

芸者には前借がある。

まずは置屋に身をおくさいだ。置屋は縹緻などを勘案して額を決める。たいがいは身内のためだが、なかにはあこがれて芸者になる者もいる。

しかし、そのような者でも、着物や稽古事、見習や芸者としての披露目《ひろめ》など置屋がたてかえる金高《かねだか》（金額）が積みかさなっていく。

ゆえに、見習から芸者になるころにはそこそこの金高になっている。

贔屓筋《ひいきすじ》ができれば、座敷もふえ、祝儀もふえる。売れっ子になれば、置屋に返済しおえて独り立ちができる。

米吉ことおよねがそうだ。

とはいえ、それがかなうのはひとにぎりの売れっ子だけであり、たいがいは落籍《ひか》れて囲われるか、旦那持ちになる。

なかには、妻としてむかえるために身請けされる者もいる。だが、独り立ちよりもさらにまれである。

「……手前も、房次についてはくわしくございませんでした。あのようなかわいそうな死にかたをしなければ、大勢いる芸者のひとりにすぎません」

歳は二十二で、三島《みしま》屋の抱え。三島屋が借りている二階屋に同輩らと住んでいた。

「……山形屋さんは、ひとりのおりは青柳をひいきにしておられたそうにございます。おそれいります、柴田さまはどのように仰せでございましたでしょうか」

覚山は、小首をかしげた。

「たしかこのようにおっしゃっておられた。まだたしかじゃねえが、房次は山形屋とわりない仲かもしれねえ」

まがあった。

「青柳の女将より聞き、柴田さまは三島屋さんにたしかめたはずにございます。すると……」

戸口の格子戸があいた。

長兵衛が口をとざす。

厨へ行ったよねが、もどってきて廊下に膝をおった。

「先生、よろしいですか」

「かまわぬ」

はいってきて襖をしめたよねが、猫板をまえにした。

覚山は、よねから長兵衛に顔をもどした。

「柴田どのが口ぶりからして、拙者も置屋にたしかめたと思う」

長兵衛がうなずく。

「お調べをなさっておられる御番所のお役人に、よほどの事情《わけ》がないかぎり嘘や隠しごとはいたしません。あとあとの商いにさしつかえます。しかも、房次も山形屋さんも亡くなっておりますれば、隠す道理がございません。つまり、三島屋さんは知らなかったということになります。申しあげましたように、一人前の芸者になるには元手がかかっております。置屋が承知のうえで、そのおりがくるまで世間に隠すことはあります。房次が、どこぞの若旦那、もしくは色男に惚れてしまったのでしたらありえなくはありません。しかし……」

長兵衛が言いよどんだ。

「山形屋五郎兵衛《ごろべえ》は五十六歳。内儀はとうに他界し、ひとり娘に婿をむかえて孫もいる。身請けせぬまでも、旦那にはなれる」

覚山は眼で問うた。

長兵衛が首肯する。

「はい。おひとりで座敷をかけておりまする。山形屋さんの身代《しんだい》を承知しているわけではございませんが、なれなくはあるまいとぞんじます」

覚山は、よねに顔をむけた。

「およねが知っている房次はどうだ、置屋に不義理をして密会をするような女か」

首をかしげぎみにしたよねが、火鉢の炭に眼をおとす。火箸をつかんで炭の灰をおとしてまんなかによせ、火箸をすみに刺して顔をあげた。

「お座敷に呼んでもらっているたいせつなお客さまに誘われたとします。置屋の旦那なり女将さんなりに話します。気ままは許されません。思いがけなくそういうことになっても、やはり話すはずです。さもないと、いろんなところに迷惑をかけることになりかねません。隠していてばれてしまい、借金をすべて返すように言われたら、吉原に身を売っても、返せるかどうか」

覚山は、長兵衛を見た。

「手前もそう思います。惚れあいのぼせあがっていたら、みさかいをなくすこともありえます。ふたりがそのような仲だったとしますと、房次が三島屋さんに話すのを山形屋さんがとめていた。それしか考えられません。それにしましても、柴田さまはなにゆえそのような大事を先生にお漏らしになられたのでしょうか」

覚山は、笑みをこぼした。

「おそらくは、いま、ここでやっていることのためだ」

「はっ」

長兵衛が首をひねる。

「拙者は入堀通りの用心棒で、妻《さい》のよねはもと深川芸者だ。町奉行所の役人には口がおもくなるようなことも、拙者であれば話すかもしれぬ」

長兵衛が、眼をみひらき、苦笑をこぼした。

「先生を利用なされた。柴田さまもお人がわるい」

「いや。だからこそ定町廻りになれたのであろう」

ひと息ほどまがあった。

「たしかにそのとおりにございます」

「ついでに、もうひとつ聞かせてもらいたい」

覚山は、房次を殺した者が芸者ではあるまいかとの思案と、それを話した青柳理左衛門のこたえを語った。

長兵衛が言った。

「青柳さんがお話しになられたとおりにございます。手前どもでも、余所《よそ》の芸者はよく見かけます。いちおう内所《ないしょ》にきて挨拶しますが、廊下あたりですれちがっても気にとめません。あまりよいたとえではございませんが、屋根船でお客がくるのを待っている芸者が、はばかり（便所）を借りにくることもございます」

よねが言った。

「料理茶屋で余所の芸者はめずらしくありません。迎えばかりでなく、送ってくることもあります。あたしも、お客さまを両国や山谷、向島まで送ったり、迎えにいったりしたことがあります」

「そうか」

胸中でつぶやく。

――それならそれでわからぬことがある。

庇《ひさし》を雨粒が叩いた。

「ふりだしたようにございます。手前はこれにて失礼させていただきます」

「およね、傘を」

「あい」

よねが、立ちあがり、襖をあけたまま厨から蛇の目傘をもってきた。

雨は、いよいよ音をたてだしていた。

「ありがとうございます」

よねに礼を述べた長兵衛が、障子をあけた。大粒の雨が縁側の板にもようを描きつつあった。

沓脱石から地面におりた長兵衛が、ふり返って一礼し、去っていった。

よねが障子をしめた。

第三章　芸者と船頭

一

雨は、しだいにはげしくなった。

稲光が障子を白く浮きたたせ、雷が轟《とどろ》いた。

蒼ざめるよねの手をにぎり、覚山は案ずるなとほほえんだ。

昼九ツ（正午）の鐘からほどなく、雨の勢いがおさまった。それから小半刻（三十分）ほどで雨はすっかりやみ、雲間から陽射しがこぼれた。

食膳をさげて洗いものをすませたよねがもどってきた。あけた襖《ふすま》をしめて長火鉢の猫板《ねこいた》のまえに膝《ひざ》をおったとたんに、庭のくぐり戸が音をたてた。

「先生《せんせえ》、いらっしゃるんでやしたら、おじゃまさせていただきやす」

松吉だ。

よねが噴きだし、立っていって障子をあけた。

「いい塩梅《あんべえ》に雨があがり、陽が射してめえりやした。へい」

「なんだかようすがおかしいね。熱でもあるのかい」

「いいえ。あんましばかなこと口にしねえで、まっとうな生きかたをしてえと思ったしでえでやす」

「そうかい。松吉さんって、おもしろいし、いい人みたいって言ってた妓《こ》がいたけど、がっかりするんじゃないかしらね」

「えっ、だ、誰です」

「まじめくさった松吉じゃあ、あたしも、なんかおもしろくないね」

「およねさんはどうでもいいんで。知りてえのは、その妓がどこの誰かってことで。誰でやしょう」

「教えないよ。あたしはどうでもいいんだろう」

「そんな殺生《せっしょう》な。生殺しみてえなことをしねえでおくんなさい」

縁側から敷居をまたいだ松吉が膝をおり、首をめぐらしてよねを見あげる。

障子をしめたよねが、襖にむかう。

「およねさん、お願《ねげ》えしやす」

「ふん」

襖をあけて、しめ、厨《くりや》へ行った。

「先生《せんせえ》」

「なさけない声をだすな。まあ、むりだな。どうでもいいなどと申すからだ。あれは、かなり怒《おこ》ってるぞ」

「脅《おど》かさねえでください。しくじっちまいやした。よけえなことをしゃべらねえようにって思ったのに、まったく、口は災いのもとでやす」

「〝もと〟ではない。〝かど〟だ」

「えっ」

「口は是禍《これわざわい》の門《かど》、舌は是身を斬る刀。〝かど〟とは〝もん〟のことだ。はるか大昔の唐土《もろこし》の宰相《さいしょう》、ふむ、ご老中《ろうじゅう》だと思えばよい。名を馮道《ふうどう》という。その人が遺《のこ》した。うっかり口にすると禍をまねきかねぬゆえ、言葉をつつしめとの教えだ」

「先生《せんせえ》、学問はありがてえんでやすが、〝もと〟でも〝かど〟でもどっちでもかまいやせん。いま、生きててよかったって、しんそこ思っておりやす。どうか、助けておくんなさい、お願《ねげ》えしやす」

「さて、どうかな。女は理屈がつうじぬところがあるゆえ、わからぬ」

「そんなあ。こまりやす、先生《せんせえ》がわからねえんなら、あっしなんぞにわかるわけがありやせん。どうか、見捨てねえでおくんなさい」

厨の板戸があけられた。

よねが、盆をもってはいってきて、猫板のところに膝をおった。茶碗が三個あった。

覚山は言った。

「松吉は、いま、生きててよかったと思ってるそうだ」

よねが、松吉を見た。

「あのね、おもしろくていい人みたいって言っただけだよ。早合点《はやがてん》しないほうがいい」

「それでもけっこうでやす。教えてもらえやせんか」

「あたしだって、松吉はいつも笑わせてくれるし、いい人だって思ってる。すこし、きついこと言わせてもらうよ。その妓が、松吉のことを憎からず思っているとするよ。松吉もその妓が気にいった。で、どうなる。どうにもならないでしょう」

松吉の肩がおちた。

「おっしゃるとおりでやす。いまのあっしじゃあ、どうすることもできやせん」

よねの眼差《まなざし》がやさしくなった。

「松吉をいい人だと思ってる妓がいる。ひょっとしたら、ちょっとはほの字なのかもしれない。本気なら、その妓がほのめかすわよ」

「どんなふうに」

よねが笑いをこぼした。

「そんなこと、わかるわけないでしょう」

「わからなかったらどうしやしょう。一生の損になっちまいやす」

「いざとなれば、わかるようにするわよ」

かすかに頬をそめたよねが、ちらっと眼をながした。

覚山は、気づかぬふりをして天井に顔をむけた。

よねが言った。

「よけいなことをしゃべったのかもしれない。許しておくれ。それはそうと、お茶飲みにきたのかい」

「えっ、あっ、ちげえやす。先生《せんせえ》、今朝いちばんで吉原帰《よしわらげえ》りのお客を山谷《さんや》堀の新鳥越《しんとりこえ》橋まで迎《むけ》えにいった者《もん》が話してやしたが、えれえ騒ぎがあったそうで。失礼《しつれえ》しやす」

松吉が、茶を飲み、茶碗をもどした。

山谷堀には、河口に今戸橋《いまど》、三町（約三二七メートル）ちかい上流に新鳥越橋がある。新鳥越橋の古名は山谷橋である。長さは、今戸橋が十間（約一八メートル）、新鳥越橋が七間（約一二・六メートル）。

新鳥越橋の上流は川幅がせまくなっていく。

山谷堀から吉原までを土手八丁という。八町（約八七二メートル）はおおよその距離である。

土手の名は日本堤で、吉原がこの地に移転する三十七年まえの元和《げんな》六年（一六二〇）に諸大名総掛りで築かれたことにちなむ。

山谷から三之輪町《みのわまち》まで約十三町半（約一四七二メートル）。幅が四間一尺（約七・五メートル）から五間四尺（約一〇・二メートル）。高さが八尺（約二・四メートル）から一丈（約三メートル）。

新鳥越橋から吉原のまえまで四箇所に橋がかかっている。しかし、土手が高く、吉原のさきで脇堀にはいってひきかえすことができるが、ここはさらに川幅がせまい。

そのせいかどうか、船できた者は日本堤を歩く決まりであった。馬できた者もそうである。だが、駕籠《かご》は吉原大門《おおもん》まで行くことができた。

松吉とおなじ有川《ありかわ》の船頭周助《しゅうすけ》は、大門があいてすぐに客がやってきてもまにあうように明六ツ（六時）まえに新鳥越橋下流南岸の桟橋に猪牙舟《ちょきぶね》をつけた。明六ツの鐘で町木戸があき、朝のはやい者たちがいっせいにでかける。その鐘がまだ鳴っていないのに、対岸の桟橋と岸に人だかりがしていた。

周助は、猪牙舟を舫《もや》い、新鳥越橋をわたった。町役人《ちょうやくにん》や船宿の者、船頭らのほかに裏店《うらだな》の野次馬もあつまっていた。

腕をくんで桟橋の屋根船を見おろしている船頭に、周助は声をかけた。

「兄さん、深川、門前山本町《もんぜんやまもとちょう》、有川の船頭で周助って者《もん》でやすが、吉原帰りのお客を迎《むけ》えにきやした。いってえなにがあったんで」

呼びかけたときに迷惑げな顔をしたが、周助がていねいに名のったので名のりかえして、話してくれた。

夜明けの桟橋には、幾艘《そう》もの屋根船や猪牙舟が舫われている。

雨戸をあけた船宿の若い衆が、いつものように川岸まできて、屋根船のかずが一艘多いのに気づいた。しかも、舳《み》両《よ》脇《し》の柱には掛行灯《かけあんどん》があり、艫《とも》にも艪《ろ》をのこしたままであった。

まるで盗んでくれと言っているようなものだ。

若い衆は、首をかしげながら桟橋へおりていった。

船縁《ふなべり》から障子をあけたとたんに、若い衆は息をのんだ。しらみはじめた明るさのなか、畳が赤黒く染まっていた。そして、男女《なんにょ》の死骸。

胃の腑《ふ》からこみあげてくるものがあった。若い衆は、あわてて手で口をおさえ、桟橋から石段を駆けあがった。そこで、こらえきれず、吐いた。

自身番屋は明六ツ（六時）からだ。当番の町役人に報せが走った。やってきた町役人が、月番の北御番所へ猪牙舟を行かせた。

いま、北御番所からお役人がくるのを待っているところだという。

町役人と船宿の主が、手拭《てぬぐい》で口をおおって若い衆があけた障子のあいだから座敷をのぞいた。

男は船頭のようであったが、顔が見えない。女は芸者の衣装だった。これも、横顔がわずかに見えるだけであった。

話を聞いているあいだに明六ツの鐘が鳴った。

周助は、礼を述べて、猪牙舟にもどった。

「……というしでえでやす」

よねが、背筋をのばして松吉に上体をむけた。

「松吉」

声がつめたい。

「へ、へい」

「先生にはかかわりがないでしょう。なんでそんな話をもってくるのさ」

「申しわけございやせん」

覚山はよねを見た。

「およね、そう怒るでない。わしが松吉になにか耳にしたら報せてくれとたのんだのだ。……松吉」

「へい」

「その話、できればくわしく知りたい」

「わかりやした。およねさん、馳走《ごち》になりやした。あっしはこれで失礼《しつれえ》させていただきやす」

松吉が、障子を開閉して去り、庭のくぐり戸が音をたてた。

「先生」

よねがしおれている。

「わかっている。わしの身を案じてであろう。松吉もわかっておろう」

「なんだか、いやな女になってしまった気がします」

覚山はほほえんだ。

「なら、松吉にもそっとやさしくするがよい。だが、ほどほどにな。あれはすぐにつけあがるゆえ、ほどほどでよいぞ」

「あい」

よねが笑顔をこぼした。

戸口の格子戸があいた。

「お姐《ねえ》さん」

弟子がきた。

よねが、戸口へ行った。

覚山は、腕をくんだ。

屋根船の座敷に芸者と船頭の死骸。まず浮かぶのは、相対死《あいたいじに》だ。もしくは、船頭が芸者を殺し、みずからも命を絶った。

ひっかかるのは、死んだのが芸者と船頭だからだ。

房次《ふさじ》殺しは、芸者に扮《ふん》した者のしわざのように思える。山形《やまがた》屋五郎兵衛《ごろべえ》は、奥川橋《おくかわ》の桟橋から屋根船にのった。

──屋根船は五郎兵衛をのせてどこぞでおろしただけかもしれぬ。船頭が名のりでぬのも、町奉行所へいくたびも呼びだされるのをいやがってということもありえぬではない。

屋根船と船頭に、芸者。かならずしもつながりがあるとはかぎらぬが……房次殺しが九日、今日が二十三日。いまごろになってなにゆえに。いや、あえて日をあけたのかもしれぬ。あるいは、始末せざるをえなくなった。

山形屋五郎兵衛がたくしたりしなければ、房次は殺されずにすんだかもしれぬ。誰かと会わねばならない。万一を考え、さりげなく房次にあずけた。

覚山は、燃える炭を見つめ、沈思した。

翌々日の二十五日。

朝五ツ半（九時）じぶんに、庭のくぐり戸があいた。

「先生《せんせえ》」

朝五ツ（八時）に湯屋《ゆうや》へ行くのを、どうやら万松亭《ばんしょうてい》だけでなく松吉も承知しだしたようだ。

笑顔で腰をあげたよねが、縁側の障子をあけた。

「およねさん、おはようございやす」

「おはよう」

「今朝は、二十五くれえにしか見えやせん」

「おや、こないだは十八って言ってなかったっけ」

「今日のところは、ひとつ、二十五ということで手を打っておくんなさい。納得できねえんでやしたら、二つほどおまけして二十三でもかまいやせん」

「いいから、おあがりなさい」

「へい。ありがとうございやす」

あがってきた松吉が膝をおり、障子をしめたよねが厨へ行った。

覚山は、もっとよるよう言った。

膝行《しっこう》してきて、いくらかまえかがみになった松吉が、声をひそめた。

「先生《せんせえ》、なにかあったんでやすかい」

「どういうことだ」

「およねさん、今朝は上機嫌でやす」

「さあな、天気もよいし、春らしくなってきたからではないかな」

「よくわかりやせんが、なんにしても、いいことで。さっそくでやすが、山谷のこと、いろいろとわかりやした。先生《せんせえ》がくわしく知りたがってるって話したら、みながあつめてくれやした」

「それはめんどうをかけたな」

「どうってことありやせん。入堀通りに厄介者《やっけえもん》がこなくなって、みな、よろこんでおりやす」

厨の板戸があき、しめられた。

襖をあけたよねが、盆をもってはいってきた。

猫板に盆をおく。

「松吉、もっとよりなさい。弟子の妓《こ》がお客さまからいただいたお裾《すそ》分けですって一《ひと》棹《さお》もってきた。甘いのは好きじゃないかもしれないけど、よければ食べてちょうだい」

言いながら、松吉のまえに茶碗と小皿とをおいた。

「へえ、いただきやす。これ、なんでやす」

「羊羹《ようかん》だよ」

「こいつが羊羹ってやつで。噂《うわさ》には聞いたことがありやすが、見るのも、食べるのも、はじめてで。いただきやす」

小皿の爪楊枝《つまようじ》で羊羹をさしてちいさく嚙《かじ》り、咀嚼《そしやく》して、眼をまるくし、嚥下《えんか》した。

「旨《うめ》え。こいつは旨え。こんな旨えもん、食ったことがありやせん」

さらに囓る。

「いけねえ。旨《うま》すぎて、眼から水がこぼれそうでやす」

羊羹はもらいものではない。松吉にきつくあたりすぎたとくやんだよねが、昨日《さくじつ》の朝、長兵衛《ちょうべえ》にたのんで若い衆《しゅ》に日本橋本町《ほんちょう》一丁目の虎《とら》屋へ買いにいかせた。

本町一丁目には金座（現・日本銀行所在地）がある。虎屋は公儀御用達《こうぎごようたし》の菓子屋であった。この虎屋は武蔵《むさし》の出であり、現在《いま》もある京出身の虎屋とはかかわりはない。

この時代は虎屋の煉《ねり》羊羹が知られていたが、享和《きょうわ》（一八〇一～〇四）のつぎの文化（一八〇四～一八）になると、深川佐賀町《さがちょう》の船橋《ふなばし》屋が評判になる。

よねが言った。

「そんなにおいしいんなら、食べちまいなさい。もう一切れもってきてあげるから」

「あんましやさしくしねえでおくんなさい。ほんとうに涙がでちまいやす」

茶で喉をうるおした松吉が、爪楊枝をとった。

よねが、あいた小皿をもって厨へ行った。

羊羹を食べた松吉が、茶を飲みほす。

「芸者衆《しゅう》は、こんな旨《うめ》えもんを食ってるんでやすね。別嬪《べっぴん》に磨《みが》きがかかるわけでやす」

よねが、盆に小皿と急須《きゅうす》をのせてきた。松吉のまえに小皿をおき、茶碗をとって茶を注いだ。

「ありがとうございやす」

覚山は、松吉が二切れめを食べおえて茶を飲むまで待った。

「で、松吉、聞かせてくれぬか」

「申しあげやす」

女の名は小糸《こいと》、二十三歳。浅草聖天町《あさくさしょうでんちょう》の置屋嶺《みね》屋抱えの芸者。心の臓を刃物で一突きされていた。

男は、浅草橋場町《はしばちょう》の屋根船持ち船頭蓑助《みのすけ》、四十歳。女房とふたりの子がある。匕首《あいくち》で喉を突いていた。

蓑助が小糸を刺し殺し、みずからも喉を突いて死んだ。

新鳥越橋をはさんだ両岸とも新鳥越町一丁目で、何軒も船宿がある。

船宿は、町木戸がしまる夜四ツ（十時）の鐘が鳴ってもしばらくはあいている。客を送った持ち船が帰ってくるからだ。その船頭たちも、変わったことはなかったと言っている。

「……北御番所のお役人が、岡《おか》っ引《ぴき》と手先らに、小糸と蓑助についてさぐらせているそうでやす」

「屋根船持ち船頭とは、おのれの持ち船ということだな」

「そのとおりでやす。そのほうが稼ぎになりやすんで、いずれはあっしもそうなりてえと思っておりやす。なんかまた耳にしたらお報せにめえりやす。およねさん、馳走《ごち》になりやした。失礼《しつれえ》しやす」

低頭した松吉が、腰をあげた。

二

中食《ちゆうじき》をおえてほどなく、格子戸があき、おとなう声がした。よねは厨か井戸ばたで洗いものをしている。

覚山は、居間をでて戸口へ行った。

二十歳《はたち》前後の若い男がいた。長着を尻紮《しりから》げにして股引《ももひき》をはいている。

男がぺこりと辞儀をした。

「正源寺《しようげんじ》参道、弥助《やすけ》親分とこの三吉《さんきち》と申しやす。柴田《しばた》の旦那が、夕七ツ（四時）すぎにおたずねしてえそうでやす。いかがでございやしょう」

「お待ちいたしております、とおつたえしてもらいたい」

「ありがとうございやす。失礼《しつれえ》いたしやす」

低頭した三吉が、格子戸をあけて表へでて、ふたたび低頭して格子戸をしめ、去っていった。

覚山は居間にもどった。

すこしして、かたづけをすませたよねがきた。

猫板のところに膝をおるのを待ち、覚山は言った。

「使いがあった。北町奉行所定町廻りの柴田どのが夕七ツすぎにお見えになるそうだ」

「えっ。まあ、それはたいへん。八ツ半（三時）まではお稽古にきているし、どうしましょう」

「夕刻だ、お茶をだせばよいのではないか」

「そうはいきません。御番所の定町廻りですよ。八丁堀《はっちょうぼり》の出世頭です。きちんとおもてなししないと先生に恥をかかせることになります。あたしだって恥ずかしい。そうだ、仕出屋にたのみます。夕七ツすぎですよね。表通りのすぐそこですから、行ってきます。お稽古《けいこ》の妓《こ》がきたら、あげて待たしててください。お願いします」

よねがあわただしくでていった。すぐに、格子戸の開閉する音が聞こえた。

弟子がくるまえによねがもどってきた。

ほどなく弟子がきて、昼八ツ（二時）の鐘が鳴るまえにつぎの弟子がきた。その弟子も、昼八ツ半（三時）じぶんに稽古を終えて帰った。

それからにわかに騒がしくなった。よねが、きがえ、化粧をし、そのつど、どこかおかしくないかと訊きにきて、仕出が遅いとやきもきした。

覚山は想いだした。長兵衛が殿のご来駕《らいが》を報せてきたおりもやたらとあわただしかった。

仕出がとどき、夕七ツの捨て鐘が鳴りだした。捨て鐘が三度撞《つ》かれ、それから時の数だけ撞かれる。

七度めの鐘が鳴り、すこしして格子戸があいた。

「ごめんくださいやし」

覚山は、居間をでて戸口へむかった。

よねは袴《はかま》をはかせたがった。覚山は考え、いやかえって身構えていることになるゆえこのままでよいと言った。

詰問なりがあるのなら、浪人身分にすぎぬのだからちかくの自身番屋へ呼びだせばよい。使いをよこしたのは、役目がらみではあるがこちらにとって不都合ではないということだ。

戸口の土間に、柴田喜平次《きへいじ》と弥助がいた。

覚山はほほえんだ。

「どうぞおあがりくだされ」

「すまねえな」

笑みをかえした喜平次が、袂《たもと》から手拭をだし、沓脱石《くつぬぎいし》に片足ずつのせて足袋《たび》の埃《ほこり》をはたいた。

喜平次があがり、弥助も手拭をつかった。

覚山は、客間の襖をあけ、あれへ、と上座をしめした。

入室した喜平次が、上座をよこに窓を背にして膝をおり、刀を左脇においた。躰《からだ》ふたつぶんほどあけた下座の斜めうしろに弥助が膝をおる。

覚山は、喜平次の正面に座をとった。

襖はあけたままだ。座敷の隅に、素焼きの火鉢がある。踊りの稽古があるので火鉢は隅においてある。

厨を往復して廊下に食膳をならべたよねが、まずは喜平次のまえにはこんできた。つぎに弥助。三膳めをおいたよねが、喜平次のまえに行って膝をおり、銚子《ちょうし》を手にした。

「旦那、どうぞ」

「およね、けっこうな料理に酒、酌までしてくれるのはありがてえが、おめえはもう米吉《よねきち》じゃねえ、そちらの旦那のご新造《しんぞう》だ。笹竹《ささたけ》にきてもらおうかとも思ったんだが、旦那は通りの用心棒で見まわりがある。だから、こっちでくることにした。気をつかうのはこれっきりにしてくんな。酒はありがてえが、肴《さかな》は沢庵《たくあん》でじゅうぶんよ」

「あい。これっきりにしますから、受けてくださいな」

「すまねえな」

喜平次が杯をもった。

よねが、弥助にも注ぎ、客間をでて襖をしめた。

喜平次の顔からおだやかさが消えた。

「さっそくだが、有川の船頭松吉が、おめえさんが知りたがってると、山谷堀であった殺しについて訊きまわってるらしい。まちげえねえかい」

覚山は首肯した。

「たしかにたのみました。二十三日の明六ツ（六時）まえ、有川の船頭周助が吉原帰りの客を山谷堀に迎えに行くと、向こう岸に人だかりができていたそうにございます。周助が見たことを松吉が話しにまいりました。いささか気になることがあり、くわしく知りたいとたのんだしだいにございまする」

「わかった。松吉がほかの奴にそのかされたんじゃねえのなら、それでいい」

覚山は眉根をよせた。

「ほかの奴……なるほど、青柳《あおやぎ》の二階座敷にはいり、もどってきた房次を殺し、消えた。山形屋があずけたものが座敷にのこされたままなのを、房次を殺した者はいかにして知ったか。なるほど、うかつにござりました」

喜平次が苦笑する。

「おめえさん、すぐにでも探索方になれるぜ」

「いやいや、柴田どのにはとうていおよびませぬ」

「おいらたちは、がきのころから十手捕縄《じってとりなわ》とともに頭にたたきこまれ、見習になってから十何年もかけて学んでいく。世辞じゃねえ、てえしたもんだ。で、なにが気になるんでえ」

「房次を殺したは、芸者か、芸者に扮した者。山形屋をのせた屋根船の船頭はなにゆえ名のりでぬのか。はじめは、町奉行所へいくたびも呼びだされるのがいやだからではあるまいかと考えました。しかし、みなさまのほうで捜しだされたら、かえってやっかいなことになってしまいまする。殺された芸者は二十三歳だと聞きました」

喜平次がうなずく。

「つづけてくんな」

「その小糸とやらが武家の出で心得があるならともかく、房次を殺せたとは考えにくうございまする。船頭は四十歳で、女房とふたりの子がある。船頭のみを始末すれば、山形屋の件とむすびつけられかねない。したがって、色ごとがらみにみせかけんとした。もうひとつ、柴田どのが房次殺しで芸者に眼をつけているを知ったとします。あわよくばを狙った。しかし、小糸がえらばれたのはなにゆえか。松吉には、なにか耳にしたら教えるよう申してありまする」

喜平次が箸《はし》をとった。

「弥助。せっかくだ、いただこうじゃねえか」

「へい」

喜平次が、焼いた鯛《たい》の切り身を割って食べ、杯にのこった諸白《もろはく》（清酒）を飲みほした。

「おいらが知ってることを話す。ただし、他言無用《たごんむよう》にしてくれ」

「承知いたしました」

「小糸は浪人の娘だ。父親は、今戸町《いまどまち》で手習所をやっていた。父親が病に倒れ、医者だ薬だってことで、十五の秋、前借して置屋にはいった。山谷で芸者になったんは、両親《ふたおや》のちかくにいたかったからだそうだ。父親は十六歳の夏に亡くなっている。父親が臥《ふ》せってから手習所を娘あいてにしていた母親も、十九の冬に他界した。母親の形見の守り刀を大事《でえじ》にしてた」

「すると、置屋やまわりの者ばかりでなく、贔屓筋《ひいき》の客も浪人の娘だと知っていた」

「たぶんな。ついでに話しておくと、深川芸者に侍《さむれえ》の娘がどれくれえいるか、置屋をあたらせた。おいらが考《かんげ》えてたよりも多い。いま、そいつらの周辺をさぐらせている。小糸だが、ふつうなら身もとがばれねえように、柳橋《やなぎばし》か深川にくる。置屋の話でも、なかなかにしっかりしていたそうだ」

「こういうことは考えられませぬか。万が一のさいは自害する覚悟で剃刀《かみそり》を帯なりにしのばせていた」

「そうかもしれねえ。武士の娘ならありうる。おいらが芸者の恰好《なり》をした者《もん》のしわざかもしれねえと思ったんは、房次が騒いでねえからよ。いくたびもたしかめた。誰ひとりとして、声なり物音なりを聞いてねえ。つまり、料理茶屋の座敷にいてもおかしくねえ者《もん》ってことになる。となると、芸者か女中だ。だがな、ほかにも考《かんげ》えられる。そいつはなかにいたんではなく、障子をあけた房次の口をうしろからおさえ、なかにへえって障子をしめた。なら、やったんは男ってことになる。剃刀を得物《えもの》としていつも懐にしのばせている奴だな」

覚山は首をふった。

「座敷のなかにいて、そこに房次がはいってきたと考えておりました。拙者など、とうていおよびませぬ」

「そうでもねえさ。こっちは調べてわかった。おめえさんは、屋根船の座敷で船頭と芸者とが死んでいたと聞いただけで侍《さむれえ》の娘かもしれねえって思った。てえしたもんだよ。二十二日の夜、蓑助は小糸をのせて山谷へもどっている。こういうことだ」

向島《むこうじま》は、水戸《みと》徳川家蔵屋敷がある源森《げんもり》川北岸の川ぞいをのぞいて寺社方支配の百姓地だ。

桜並木が名所の墨堤《ぼくてい》（隅田堤《すみだづつみ》）ぞいには水茶屋や食の見世《みせ》、料理茶屋などがある。

料理茶屋は源森川からはいった枝川にもある。地所がひろくとれるので、平屋造りや庭に凝ったりしている。ほかにも、そこかしこに商家の寮があり、旗本の抱屋敷な向島の料理茶屋では、山谷、両国橋西《りょうごく》（柳橋と薬研堀《やげんぼり》）、深川から芸者を呼ぶ。両国や深川は客のもとめにおうじてであって、それがなければ対岸の山谷からだ。

二十二日の夜は、三囲稲荷《みめぐりいなり》うらの料理茶屋で鰹節塩干魚《かつおぶししおほしざかな》問屋の寄合があった。

江戸には各種の問屋組合があった。なお、〝問屋〟は〝とんや〟ではなく〝といや〟と読む。いつしか、〝とんや〟と言うようになった。

小糸は、蓑助の屋根船で酔った客のひとりを、日本橋川から伊勢町《いせちょう》堀にはいった小《こ》船町《ぶなちょう》の店まで送っていった。

寝ずに待っていた手代が、土間のくぐり戸をあけて主を迎えた。

刻限は夜五ツ半（九時）すぎじぶん。扱《しご》き帯で裾をあげた芸者が、片手を主の腰にまわし、片手で肩にまわした主の腕をつかんでいた。

手代は礼を述べ、主を支え、くぐり戸をくぐらせた。

二十三日の朝、たずねてきた定町廻りに主は蒼ざめた。酒が好きだが、つよくない。芸者に送ってもらったのはおぼろに憶《おぼ》えている。

定町廻りは、料理茶屋にも行った。

女将《おかみ》が、屋根船持ちの蓑助に小糸をつけて客を送らせたのに相違ないと言った。

小糸はおちつきがあって、酔客をうまくあしらう。帰りが遅くなるのもいとわないし、それは蓑助もおなじだった。だから、そのような客がありそうな座敷は小糸を呼ぶ。蓑助にも、三囲稲荷まえの竹屋《たけや》ノ渡《わたし》で待っていてもらっていた。

「……小糸は、父親ばかりでなく母親も寝こんだんでかなりの前借があった。だからいやな顔ひとつしなかった。余所《よそ》へ行かずに山谷で芸者になったんも、それがためじゃねえのかな。そのあたりも、さぐっている。蓑助のほうは、まだとっかかったばっかりだ。とりあえずはこんなところだ」

「かたじけのうござりまする」

覚山は、膝に両手をおいて低頭した。

喜平次が言った。

「弥助」

「へい」

「のこしちゃあ申しわけねえ。食ってひきあげるとしようぜ」

「わかりやした」

ふたりが箸をつかう。

覚山も箸をとった。

箸をおいた喜平次が、諸白を注ぎ、飲みほした。

「こねえだも言ったがな、なんか思いついたら遠慮しねえで教えてくんな」

「承知いたしました」

「てえげえ、夕七ツ（四時）から七ツ半（五時）じぶんにはいったん笹竹にもどってる。万松亭の長兵衛には、見まわりができねえことがあるかもしれねえってことわっておく」

「おそれいりまする。さしさわりがなければお教えいただきたい。房次と山形屋との仲につきまして、なにかわかりましたでしょうか」

　喜平次が首をふる。

「料理茶屋の女将が、できてるかもしれねえってにらんだら、てえげえはまちげえねえはずだ。ところが、なんもうかんでこねえ。女将の勘違《かんちげ》えかもしれねえんだが、かえって気になる。そのことでたのみがあるんだが、稽古にくる弟子たちに訊いてもらいてえんだ。おいらたちだと口をつぐむことも、およねになら話すかもしれねえ」

「あとでつたえておきまする。房次につきまして、拙者もいささか気になってることがござりまする」

「なんでえ」

「よねは、置屋がちがうので座敷がいっしょになることがあったくらいだと申しておりました。万松亭の長兵衛も、あのような死にかたをしなければ大勢いる芸者のひとりにすぎなかった、と。どのようなきっかけで山形屋はひいきにするようになったのでござりましょう。男女《なんにょ》の機微《きび》など、拙者ごときにわかろうはずもござりませぬが気になっておりまする」

「いつごろから、なんで、房次をひいきにするようになったんか。ありがとよ」

それからほどなく、料理を食べ、諸白を飲みほしたふたりが辞去した。

覚山は、上《あが》り框《かまち》のところで膝をおって見送った。よねもきて、うしろにかしこまった。

そとは日暮れのけはいがこくなりつつあった。

暮六ツ（六時）からの見まわりがあるので諸白はよねが注いだはんぶんほどにとどめ、料理もほとんどのこした。

茶漬けと味噌汁とのこした料理をふたりで分け、むきあって夕餉《ゆうげ》をとりながら喜平次の依頼を語った。

翌々日の二十七日は、未明から雨戸を震わせる風が吹いた。

肌を刺す冷たい風であった。

いつもの刻限に、稽古着姿の長吉が庭のくぐり戸をあけてはいってきた。稽古にのぞむようすからも、弱いおのれに克《か》とうとしているのがうかがえた。

剣を学ばねばならぬ武士とはちがう。覚山は、語り、諭しながら稽古をつけた。

朝五ツ半（九時）ごろ、松吉がきた。

よねが羊羹をのこしていた。熱いお茶と羊羹のふるまいに、松吉が感激の面持ちでくりかえし礼を述べた。

「先生《せんせえ》、小糸ってのは、えれえ孝行娘だったようでやす」

両親《ふたおや》とも、躰はあまりじょうぶでなかった。父親は浪人で、手習所の師匠だった。父親が病に倒れ、医者代がかさんだ。それで芸者になることにした。それ世話した者は、山谷だと身もとがわかってしまうので両国か深川をすすめた。それを、小糸がすぐに駆けつけられるようにちかくにいたいのでと山谷をえらんだ。

「……侍《さむれえ》の娘が、恥をしのんで親のちかくにいることにした。泣かせるじゃありやせんか。ですが、可哀想《かわえそう》に、翌年に父親《てておや》が、二年か三年あとに母親が亡くなっておやす」

「そうか。身よりは」

「ねえそうでやす。それよか、船頭の蓑助は、小糸とお客を送っていくことがよくあったそうでやす。あの夜も、日本橋あたりへ酔ったお客を送っていったそうで。いくたびもそういうことをしてりゃあ、気安くなりやす。およねさんがいると、なんか言いづれえんでやすが」

よねがほほえむ。

「松吉らしくもない。あたしはかまわないよ。言いなさいな」

「へい。浅草御米蔵の堀は夜になればひとけがありやせん。山谷堀のめえには寄洲がありやす。てめえに気があると勘違《かんちげ》えしたとは思いやせんが、ついむらむらときちまった。小糸はお侍《さむれえ》の娘でやす、蓑助に襲われ、ひでえことを言ったのかもしれやせん。かっとなって殺《や》っちまったんじゃねえか」

よねが、松吉から顔をもどして溜息をついた。

「悪さをする船頭がいます。表沙汰にはしません、かえって傷になるだけですから。船宿と話をつけるか、泣き寝入りです」

「すいやせん」

「松吉があやまることない。……芸者のほうで誘うこともあります。むしゃくしゃしてたり、旦那へのあてつけだったり。それを自慢して深川におれなくなった船頭もいます。蓑助って船頭は、これまでそんなそぶりがなかったから信用されていたのだと思います。でも、まあ、これまでそうだったからといって、こればっかりはわかりません」

覚山は、松吉を見た。

「血だらけだったそうだな」

「こういうことじゃねえんでやしょうか。鞘《さや》があるんで懐に匕首をいれてる者《もん》もおりやすが、屋根船も猪牙舟も隠し所があって、刃物がいれてありやす。舫《もや》い綱《づな》を切らなきゃならねえことなんかがあるし、いざってときのためでやす。だから、懐にいれてたか、艫の隠し所からだしてきて刺しちまったんじゃねえかと思いやす」

「松吉」

「へい」

「川でも海でも、船ではおのが身はおのれで守らねばならぬ。あるいは、客を助けねばならぬこともあるやもしれぬ。だからと申して、むやみと刃物をふりまわすでないぞ」

「それはもう、わかっておりやす。で、殺しちまって正気に返《けえ》り、山谷堀の桟橋まできたが、町木戸も自身番もしまってる。夜四ツ（十時）の鐘にも気づかなかった。ようやく、とんでもねえことをしちまったてめえが、とても助からねえことに思いいたって、喉をついて死んだ。まわりの者《もん》はそんなふうに申しておりやす」

「蓑助は四十で、女房と子がふたりであったな」

「そのことでやすが、女房は三十七、十五と十二の娘は女房の連れ子だそうでやす。女房とはあんましうまくいってなかったんじゃねえかって噂だそうで。それもあって、自棄《やけ》になり、血迷っちまったのかもしれやせん。また、なんか耳にしたら話しにめえりやす。失礼《しつれえ》しやす。……およねさん、馳走《ごち》になりやした」

低頭した松吉が、縁側の障子をあけて去っていった。

風はやみ、雲間から薄陽がさしていた。

三

翌二十八日は快晴であった。

初春一月も下旬になると、陽射しが暖かな日には、鶯《うぐいす》がさえずるようになり、梅の蕾《つぼみ》がひらきはじめる。

朝、置屋の若い衆《しゅ》があたらめて断りの使いにきた。晴れたら日本橋の大店《おおだな》が本所《ほんじょ》の梅屋敷で梅見をするのでお休みにしてくださいと、弟子にはあらかじめ言われていた。

〝本所の梅屋敷〟と呼ばれているが、亀戸天神《かめいどてんじん》にほどちかい亀戸村にある。

臥竜梅《がりようばい》と名づけられた六間（約一〇・八メートル）ほど地を這《は》うがごとき古木で名高い。水戸徳川家二代光圀《みつくに》こと水戸黄門《こうもん》が愛《め》でて名づけたとも、八代将軍吉宗《よしむね》があずけたとも、名木ゆえの由来である。

よねに訊《き》くと、寺町《てらまち》通りのお寺に行けば咲いているかもしれないとのことであった。

覚山は、ではまいろう、と言った。

だが、住まいをでたのは、よねがしたくを終えた半刻（一時間）ほどしてからであった。

寺町通りを散策し、蕎麦《そば》を食し、住まいにもどった。

よねには言えぬが、覚山は物見遊山《ものみゆさん》を楽しむおのれにいささかのやましさをおぼえた。そのぶん、昼の稽古のあいだは書見にうちこんだ。

翌二十九日も青空がひろがった。

この年の初春一月は大の月で、三十日が晦日《みそか》である。

晦日の朝も、春の陽が下総《しもうさ》の空へにこやかに昇った。

昼九ツ（正午）の鐘が鳴り、中食をすませてしばらくして、戸口の格子戸があけられておとないの声がした。

覚山は、腰をあげかけ、おろした。厨の板戸があき、よねが戸口へむかった。

すぐにもどってきた。

膝をおって襖をあける。

「先生、弥助親分とこの三吉って若いのがきておりやす」

覚山は、うなずき、腰をあげた。

戸口へ行く。

三吉がぺこりと辞儀をしてなおった。

「柴田の旦那が、夕刻、笹竹までおこしいただきたいそうでやす。いかがでやしょう」

「承知した」

「ありがとうございやす。夕七ツ（四時）すぎに、あっしがお迎《むけ》えにめえりやす。失《しっ》礼《れえ》いたしやす」

辞儀をした三吉が、格子戸を開閉して去っていった。

覚山は、そのむねをよねに告げた。

よねが訊いた。

「夕餉はどうなさいます」

「それほど遅くはなるまい。もどってから食べる」

「あい」

夕七ツの捨て鐘で、覚山はよねがわたした袴をはいて紐をむすび、羽織に腕をとおした。

すこしして、三吉がきた。

よねに見送られ、住まいをあとにした。

路地から裏通りを行き、湯屋の横道から表通りにでた。大川方面へむかうすぐのところに、富岡八幡宮《とみがおかはちまんぐう》の一ノ鳥居が通りをまたいでいる。

一ノ鳥居から二町半（約二七三メートル）ほどで八幡橋が、さらに一町（約一〇九メートル）たらずで福島《ふくしま》橋がある。

福島橋をわたった左に、三方を富吉町《とみよしちょう》と熊井町《くまいちょう》と相川町《あいかわちょう》と諸町《もろちょう》にかこまれた正源寺がある。参道が、富吉町と熊井町との境になっている。

参道にはいる。三吉がまえにでた。

十五間（約二七メートル）あまりさきに山門があり、そのむこうに樹木がある。

笹竹は、間口二間半（約四・五メートル）の二階屋だった。居酒屋は縄暖簾《なわのれん》が多いが、紺地に〝ささたけ〟と白抜きされた布暖簾がかけられていた。

暖簾をわけた三吉が、腰高障子を左右にあけた。

「お連れしやした」

わきへよる。

覚山は、敷居をまたいで土間にはいった。

婀娜《あだ》な大年増がやってきた。

女将のきよであろう。よねによれば、年齢《とし》は二十七だ。色白で、ややふっくらとしている。子が三人あるからかもしれない。

松吉ではないが、三歳うえのよねのほうがはるかに若く見える。しかも美しい。おのれは果報者だと、覚山はあらためて思った。

「ようこそおこしくださいました。きよと申します。すこしまえに使いがありました。自身番で足止めされているので、お待ちいただきたいとのことにございます。こちらへどうぞ」

「おそれいる」

かるく会釈したきよが、ふり返った。

覚山は、腰の刀をはずして左手でさげた。

土間には畳敷きの腰掛台がならべてある。日暮れにはまがあるので、客はひとりもいない。

左壁にある二階への階《きざはし》の奥に障子がある。

右奥は厨だ。

きよが、障子をあけて右によった。

顔をむけ、ほほえむ。

「ここでお待ちねがいます」

覚山は、きよに一揖《いちゆう》して、草履《ぞうり》をぬぎ、座敷にあがった。

「かたじけない」

縦長の六畳間だった。

奥に一間（約一・八メートル）幅の窓がある。二歩はいったところで膝をおり、左脇に刀をおいた。背後できよが障子をしめた。

背筋をのばして膝に手をおき、顎《あご》をかるくひいて眼をとじる。

しばらくして表の腰高障子がひかれた。

覚山は、眼をあけた。

厨からきよの下駄《げた》の音。足早にちかづいてくる数名の気配。

障子がひかれ、喜平次の声がした。

「待たせてすまねえ」

覚山は、すこし膝をめぐらせ、横顔を見せた。

「ご案じなく」

足袋の埃を手拭ではらった喜平次が、刀をはずしてあがってきた。右をまわり、正面の窓を背にして膝をおった。

「すいやせん」

覚山は首をめぐらした。

土間にいる弥助が、ぺこりと辞儀をした。

「あっしも入堀通りの者《もん》とおなしく先生《せんせえ》と呼ばせていただきやす。おそれいりやすが、そちらのほうへお移り願《ねげ》えやす」

弥助が右手で左壁のなかほどをしめした。

覚山は、うなずき、刀を手にして腰をあげた。

あがってきた弥助が、厨を背にして膝をおった。

障子はあいたままだ。

すぐに、きよが食膳をもってあらわれた。女中がつづく。

座敷にあがったきよが、畳においた食膳をもち、喜平次のまえにはこんだ。厨にもどった女中が、もう一膳をもってきた。きよが、食膳をおく。そして、喜平次のまえにもどり、銚子をとって酒を注いだ。

喜平次のまえからうつってきたきよが笑みをうかべた。

「先生、どうぞ」

「かたじけない」

覚山は、杯をもってうけた。

注がれたのは諸白だった。

弥助にも注いだきよが、座敷をでて障子をしめた。

覚山は、わずかに飲み、杯をおいた。

食膳には、三枚おろしの片身に饂飩粉《うどんこ》（小麦粉）をまぶして揚げた鱚《きす》の皿、白魚《しらうお》と豆腐《とうふ》の煮物に浅葱《あさつき》を散らした鉢《はち》、烏賊《いか》の塩辛《しおから》の小鉢があった。

喜平次が、なごやかな眼をむけた。

「遠慮せずにきてくれってもなかなかそうもいかねえようだから、迎えにいかせた。足をはこばせておいてなんだが、まずは礼を言わなくちゃあならねえ。おめえさんのおかげでおもしれえことがわかった。房次は、山形屋五郎兵衛の娘だ」

「なんと……」

喜平次がうなずく。

「ああ、おいらも驚いた。なかには好きで芸者になるのもいるが、てえげえは事情《わけ》ありだ」

芸者になった経緯《いきさつ》についてはとうに調べがついていた。

房次のじつの名はふさ。母親の名はとみ、四十二歳。元深川芸者で、通り名が富《とみ》助《すけ》。亭主の名は常吉《つねきち》、四十四歳。子は房次のしたに娘がふたりある。

神田《かんだ》川の昌平《しょうへい》橋上流北岸の湯島《ゆしま》聖堂てまえに湯島横町《よこちょう》がある。

聖堂との横道をはいったすぐのところで、常吉ととみはふたりの娘とともに一膳飯屋をやっている。聖堂の裏には神田明神《みょうじん》もあり、しかも若い娘がふたりもいて愛嬌《あいきょう》をふりまくので見世は繁盛している。

この地に移るまえは、湯島天神《てんじん》うらの湯島切通町《きりどおしちょう》に見世があった。

喜平次が言葉を切った。

「もとから話さねえとしっくりこねえかもしれねえな。弥助」

「へい」

「万松亭まで走らせ、先生《せんせえ》が暮六ツ（六時）の見まわりにまにあわねえかもしれねえって報せな」

弥助が、膝をずらして障子をあけ、大声をだした。

「わかりやした」

「誰かおりてきな。使いだ」

すぐに音をたてて階をおりてきた。

「なんでやしょう」

「門前仲町入堀通りの万松亭までひとっ走りして、亭主か女将に、九頭竜先生《くずりゅうせんせえ》が柴田の旦那と笹竹にいるんで暮れの見まわりにはまにあわねえかもしれねえって伝《つ》えてきな」

「わかりやした」

弥助が手先をあいてにしているあいだに、覚山は鱚の揚物を食べた。塩味で、揚げかげんもほどよく、美味であった。

杯にのこった諸白で喉をうるおした。

障子をしめた弥助が膝をもどした。

喜平次が言った。

「親がこまり、娘が身を売る。おいらにも娘がある。親孝行にはちげえねえが、まともに考《かんげ》えるとやりきれねえ気分になる。微禄《びろく》でも、おいらたち御番所の者《もん》は食っていける。だが、御家人やお旗本は辛《つれ》え。とくに、番方（武官）の同心（足軽）はな。こねえだも言ったが、辰巳《たつみ》芸者にもそういうのがけっこういる。とはいえ、縹緻《きりよう》がいいから芸者になれる。そうでねえと、吉原に行くしかねえ。まあ、聞いてくんな」

とみは、不忍池《しのばずのいけ》西の茅町《かやちょう》二丁目で生まれた。三人めの子だ。兄と姉はどちらも三歳の春をむかえることができなかった。

父親は屋台の蕎麦売り。母親は内職で針仕事をしていた。年をとるにつれ、屋台を担ぐのはつらくなる。さらに、稼ぎになる冬は寒さが骨身にこたえる。

雨露《あめつゆ》がしのげるちいさな見世をもちたい。父親の願いであった。

とみが十四歳の夏、四町（約四三六メートル）あまり離れた切通町にてごろな空き店がでた。

湯島天神うらの山肌を削った坂道の町家である。不忍池にめんした茅町にくらべると人通りもすくない。しかし、だからこそ店賃が安い。

とみは色白で、眼がおおきかった。年ごろになればさぞやとほめられた。大店の若旦那に見初《みそ》められる。もしかしたら玉の輿《こし》だって。とみも娘らしい夢をえがいていた。

だが、そうはならなかった。両親《ふたおや》に頭をさげられ、とみは深川の置屋にはいった。

「……十四で置屋にはいり、見習で座敷にでるようになったのが十六の春からだ。そのぶん、前借がかさむ。裏店の鶴を、置屋は手塩にかけてみがく。だから、相応に綺《き》麗《れい》にはなっていく。そのころ本所深川が持ち場だった隠居のご老体をたずねて、とみこと富助について訊いてみた。だが、憶えてなかった。売れっ子ってわけではなかったってことだ。それでも、ふたりの男がとみに惚れた。とみはそう言ってる。まあ、ふた昔もめえのことだからな、そういうことでかまわねえと思う」

房次は安永《あんえい》五年（一七七六）晩春三月生まれだから、前年の夏に身籠《みご》ったことになる。

安永四年（一七七五）、山形屋五郎兵衛は三十四歳。すでに山形屋の主ではあったが、先代も健在だった。安永二年（一七七三）の盛夏五月、五郎兵衛は流行病《はやりやまい》で内儀を亡くした。

翌年の春から、五郎兵衛は料理茶屋での寄合などにふたたび顔をだすようになった。おなじ春、十七歳になったとみも見習がとれて座敷にでるようになっていた。

「……とみによれば、五郎兵衛はつごうがつく座敷にとみを呼ぶようになった。とみは、山形屋さんが気の毒で、かわいそうで、としきりに言ってた。おいらには、言いわけのように聞こえたがな。たぶん、とみは山形屋の後添えをねらってた。だから、そういう仲になっても、五郎兵衛から父親の許しをえるまでは黙っててくれと言われ、置屋には口をつぐんでいた」

置屋は子がなくてつぶれ、亭主と女将も亡くなっている。山形屋の先代も鬼籍だ。五郎兵衛も死んだ。とみの話をたしかめるすべがない。

周辺の評判をひろうと、五郎兵衛は律儀であったようだ。

五郎兵衛は、とみを後添えにむかえたいと先代に願った。先代は激怒した。五郎兵衛を勘当して長女の次男を養子にむかえるとまで言った。

先代には思惑があった。問屋仲間の紹介で日本橋のほうの太物《ふともの》問屋の娘との話がまとまりつつあったのだ。願ってもない縁組である。妾にしたいというならまだしも、内儀にしたいとはどういう料簡《りょうけん》だ。認めるわけにはいかない。

勘当まで口にされ、五郎兵衛はおれた。

律儀ではあるが、気が弱い。いや、そうではなく、本気で惚《ほ》れたのではなかったのかもしれない。おどしはしても、いったん店を継がせた実の倅《せがれ》をたやすく勘当できるものではない。懇願するなり、決めつけずにいちど会ってほしいとたのむなり、やりようはあったはずだ。

先代は、置屋にのりこんだ。置屋は、愕然《がくぜん》とし、憤慨した。

まさに寝耳に水であった。前借のほかに、三味《しゃみ》や踊りの稽古、衣装、一人前の芸者になるまでにそうとうの費《つい》えがかかっている。

置屋は、とみを呼び、先代のまえで詰問した。

とみが、話したかったのだが父親の許しをえるまで待つよう五郎兵衛に言われたのでと不実を詫び、先代にはお腹《なか》にはややがいますと言った。

きびしい顔の先代が、五郎兵衛にはと訊いた。とみが首をふった。

黙ってうつむいているとみを、しばらく睨《にら》みつけていた先代が、明日《あす》の朝、またきます、と言って帰った。

翌朝、先代がきて、置屋と相談がなされた。話がまとまったところで、とみは呼ばれた。

前借をふくめて置屋がたてかえている全額を山形屋が払う。とみにもなにがしかの金子《きんす》をわたす。とみは深川を去り、向後いっさい山形屋とはかかわりをもたない。

「……承知するしかなかったってとみは言っている。芸者が表店の独り身の主に懸想《けそう》する。ありがちな話よ。口止めしてもたいがいもれる。もれねえほうがまれだ。ここで、舞台に常吉があらわれる。二十二歳で、門前東仲町《もんぜんひがしなかちょう》の料理茶屋の板場《いたば》にいた」

料理茶屋の者なら、山形屋五郎兵衛と芸者富助との噂を耳にしてもおかしくはない。板場と座敷だが、顔をあわせれば挨拶をする。二言三言言葉をかわす。

「……常吉が会いにきてこんなふうなことを言ったそうだ。まえから想っていた。腹の子を父無《ててな》し子《ご》にするのは可哀想《かわえそう》だ。夫婦《めおと》になってくれねえか。とみは涙がでるほどうれしかった。さて、房次はほんとうに五郎兵衛の子かな。おいら、とみは常吉ともできてたと思うぜ。問いつめても、けっして認めねえだろうがな」

覚山は、首をふり、つぶやいた。

「ふたりの男と……」

「芸者をてめえのものだけにしたいなら、落籍《ひか》して囲う。それができねえなら、芸者のまま旦那になる。何人も旦那がいる芸者はめずらしくねえ。くわしく知りてえんならおよねに教えてもらうがいい。おっと、勘違《かんちげ》えしちゃあいけねえぜ、およねがそうだったと言ってるわけじゃねえからな」

覚山は、ほほえんでかるく低頭した。

「お心づかい、おそれいりまする」

笑みをかえした喜平次が、すぐに真顔になった。

「裏通り坂道の蕎麦屋じゃあ儲けもしれている。とみの両親《ふたおや》が亡くなり、常吉は居酒屋にかえた。半人前《はんにんめえ》だったとはいえ、料理茶屋の板場にいた。蕎麦屋よりは稼ぎになったが、なにしろ場所がよくねえ。で、とみと常吉はふさを芸者にして元手をつくり、湯島横町に引っ越した」

覚山は、眉根《まゆね》をよせた。

喜平次が言った。

「わかったようだな」

「うかつにも、ようやくなにがおっしゃりたいのか得心いたしました。山形屋五郎兵衛がふさの父親だとします。ところが、五郎兵衛もふさもそれを知らない。人の道にはずれたことがおこりかねませぬ。であるなら、とみはなんとしても深川で芸者にするを避けるはず……いや、お待ちください」

覚山は、記憶を掘り、思案をめぐらした。

「ふさが、もっとも遠い、あるいはかつて母親がいた深川を望んだ。ならば、とみはすぐにも五郎兵衛に会い、ふさが娘であるむねをつげたはずにござりまする。しかしながら、拙者が憶えているかぎりでは、五郎兵衛がひとりで房次に座敷をかけるようになったはこのごろのことだったはずにござりまする」

喜平次が、諸白を注いで飲んだ。

覚山は、ふと喉の渇きをおぼえた。

銚子をとって諸白を注ぎ、飲む。

しばらくまえに、声をかけたきよが蠟燭《ろうそく》をもってはいってきて、隅二箇所におかれた行灯に火をいれた。素焼きの火鉢では炭が燃えている。だが、部屋は暗く、重苦しかった。

喜平次が肩をかすかに上下させた。

「昨年の秋、とみは八月だったと思うって言ってた。神田明神の境内《けえだい》で、たまたま五郎兵衛と顔をあわせた。二十年ぶりだが、たがいにすぐわかったそうだ。出茶屋の腰掛台にかけ、とみは無沙汰を詫び、娘のふさが房次って通り名で芸者にでているのでめをかけてやってくださいとたのんだ」

「すると、五郎兵衛は……」

「わからねえ。房次に歳と生まれ月を訊き、指をおり、もしやと思ったかもしれねえ」

「ふさは、五郎兵衛ではなく常吉の子で相違あるまいとぞんじまする」

「どうかな。誰が父親か、女にはわかるという。けどな、ひと晩にふたりの男とまじわったとしよう。さて、どっちの子だ。どっちかによほど似てねえかぎりわかるわけねえと思うぜ。それに、話したかぎりじゃあ、とみはあまりかしこい女じゃねえ。若《わけ》えころはそうじゃなかったかもしれねえが、歳月は人を変える」

覚山は、胸腔《きょうこう》いっぱいに息をすい、ゆっくりとはいた。

「おのが娘やもしれぬ。それゆえ、五郎兵衛は座敷をかけていた」

喜平次がうなずく。

「女はそういった勘がするどい。房次も感じるものがあったのかもしれねえ。だから、ふたりのようすを見た青柳の女将が、できてるんじゃねえかって勘違《かんちげ》えした。男《なん》女《によ》が密会をする。どこで。そこまでどうやって行く。房次の周辺をいくらさぐらせても、なんもうかんでこねえ。おかげで助かったぜ。これでようすが変わってきた。ほかにも話してえことがあるんだが、そろそろ暮六ツ（六時）だ、今日んとこはこれまでにしようぜ」

「せっかくの料理をのこして申しわけありませぬが」

「気にすんねえ」

覚山は、いまいちど礼を述べてかるく低頭し、左脇の刀をとった。

参道から表通りにでて、福島橋をわたり、八幡橋を背にしたところで、捨て鐘が鳴りはじめた。足を速め、横道から路地を行き、住まいの格子戸をあけた。

「およね、擂粉木《すりこぎ》をたのむ」

「あい」

よねが擂粉木をもってきた。

覚山は、うけとり、入堀通りへいそいだ。

見まわりを終えて万松亭によった。内所《ないしょ》から長兵衛がでてきて上り框ちかくに膝をおった。

怪訝《けげん》な表情をうかべている。

「柴田さまからお使いをいただきましたが……」

「早くすんだのでいそいでもどり、いま、見まわりを終えた」

「ごくろうさまにございます。先生が、北御番所定町廻りの柴田さまとご懇意になさるのは手前どもにとってもありがたいことにございます。笹竹まではすぐですし、なにかあれば使いを走らせます。柴田さまの御用のおりは見まわりはけっこうでございます。みなさまにも話しておきます」

「かたじけない。では、これで」

覚山は踵《きびす》を返した。

住まいに帰ってきがえ、むかいあって食膳をまえにする。夕餉というより夜食である。よねも、洗いものは朝にすると言った。

四

仲春二月朔日《ついたち》、朝稽古にきた長吉に、覚山は素振りのあとで打込みをはじめさせた。基礎がだいじであり、あきらかにまだはやい。しかし、素振りだけでは厭《あ》きてしまう。

上段から打ちこませ、八角樫《かし》棒の両端を握って受け、片手で弾き、流す。木刀は基本であり、長吉がじっさいにもちいるとしたら、地廻りやならず者、船頭や駕籠舁《かごかき》らをあいてに長短の棒である。木刀で刀捌《かたなさば》きを教え、習得できたら、小太刀を習わせる。

明六ツ（六時）の鐘で稽古を終えた。

長吉を帰したあと、諸肌《もろはだ》脱ぎになり、よねが居間の縁側に用意した手盥《てだらい》の手拭をしぼって肌をぬぐう。

下帯一本になって井戸ばたで水浴びをしたほうが鍛錬《たんれん》になるのだが、よねがその刻限には裏長屋の女房たちがあつまるのでやめてほしいと言った。

「どうせすぐに湯屋へ行くのだし」

「たしかにそうだな」

ささいなことはさからわぬほうがよいので覚山はしたがった。

朝餉をすませて食膳をさげたよねが、すぐにもどってきて猫板をまえに膝をおった。

「先生、ご相談があります」

「なにかな」

「おてつさんのほかにもうひとり雇いたいのですが、いいですか」

「弟子の稽古もあるからな。そうしなさい」

よねがほほえむ。

「ありがとうございます。ちかくの長屋にこの春十五歳になった娘が何人かいるそうなので、会ってみて、よさそうなら明六ツから暮六ツ（六時）までのかよいで雇います」

「うむ。およね」

「あい」

「殺された房次の母親は富助という深川芸者だったそうだ。二十年あまりまえのことだが、名を聞いたことがあるか」

　よねが小首をかしげる。

　ややあって顔をあげた。

「富助という名の芸者はいたような気がしますが、そんな昔ではありません」

「湯島天神うらの坂道で居酒屋をいとなんでいたのだが、場所のよい表通りちかくに店を借りるため房次が前借をして置屋にはいることになった。たとえばだが、房次の父親が深川の表店の主だったとしよう。房次も父親もそのことを知らない。母親の富助は、房次を深川芸者にするであろうか」

「山形屋さんが……」

「いや、そうと決まったわけではない。富助は、五郎兵衛が父親だと言って、山形屋先代に置屋への借金をすべて払わせて深川を去った。柴田どのは、五郎兵衛が父親ではあるまいとにらんでいる。およねはどう思う」

「万が一ってことがあります。芸者にせざるをえないのでしたら、深川へは行かせません。客商売です、身請けを考えねばなりませんから、柳橋や山谷だって安心はできません。あたしなら、父親が誰で、どうしてそうなったのかを話します。黙って深川芸者にしたのでしたら、柴田の旦那がおっしゃるとおりだと思います」

「なるほどな。よくわかった」

「それで、お弟子たちに、房次と山形屋さんとについてなにか知らないか訊いてほしいと先生にたのんだのですね」

覚山はうなずいた。

「ただし、このことはもらしてはならぬ。よいな」

「あい」

朝の湯屋は食の見世の者が多い。よねによれば、女湯には芸者や女中たちがくる。男湯は、板場の者のほかに年寄たちだ。

覚山は月代《さかやき》がないので髪結床に行かない。一日おきに、よねに髭《ひげ》を剃って髷《まげ》をゆってもらう。

よねは、めんどうくさがるどころか、うれしげに髭をあたり、髷をゆう。よねだけがそうなのか、ほかの女もおなじなのか、長兵衛に訊いてみたい気もするのだが、おそらくあいてにしてもらえまい。浮世の機微は書物ではなかなかわからぬものだ。江戸へでてきて、多くを学びつつある。

殿の深慮におのれはとうていおよばぬ、と覚山は思う。

翌二日の夕餉のおり、よねが雇う娘を決めたと言った。

ふたりの住まいは南にちいさな庭があり、北に裏長屋への木戸がある。木戸をはさんで二階建ての一軒家があり、また裏長屋への木戸がある。となりの二階建て一軒家が家主《いえぬし》（大家）の住まいで、よねと覚山の住まいをふくめて裏長屋をみている。

二階建て一軒家の裏に、釣瓶《つるべ》井戸とちいさな稲荷《いなり》、溝板《どぶいた》のむこうに後架《こうか》（便所）とごみ箱がある。

ふたりの住まいは、厨の水口《みずぐち》をあけると、すぐそこが井戸だ。

娘の名はたき、十五歳。住まいが家主の北の裏長屋なのでちかい。明日《あす》より数日ようすをみて、雇うかどうかを決めるという。

翌三日、朝稽古を終えて躰をぬぐい、居間できがえると、稽古着をもってでていったよねが若い娘をともなってきた。

色白でややぽっちゃりしていた。

よねにうながされて畳に両手をついた。

「あの、たきと申します。よろしくお願いいたします」

「こちらこそよろしくな」

たきが、ふたたび畳に両手をつき、居間をでていった。

湯屋からもどってくると、格子戸のよこで弥助の手先三吉が待っていた。

格子戸のまえで立ちどまる。三吉が、ぺこりと辞儀をしてなおった。

「柴田の旦那が、夕七ツ（四時）から小半刻（三十分）ほどのちに笹竹までお越し願《ねげ》えねえかとおっしゃっておりやす」

「承知したとおつたえしてくれ」

「ありがとうございやす。つごうがわるくなるようでやしたら、あっしがお報せにめえりやす。ごめんなすって」

低頭した三吉が去っていった。

夕七ツの鐘のあと、ころあいをみてきがえた覚山は、万松亭へよった。長兵衛はでかけていた。女将のこうに笹竹に行くとの言付けをたのんだ。

仲春になり、陽射しがだいぶあかるくなってきた。日暮れにはまだまがあり、永代《えいたい》橋から永代寺にいたる深川の大通りはゆきかう者でにぎやかであった。

福島橋から正源寺参道まで一町（約一〇九メートル）ほど。はんぶんばかりきたところで、参道の正面にある富吉町と相川町のさかいになっている横道から柴田喜平次があらわれた。弥助と手先ふたりがつづく。ひとりは三吉だ。

喜平次が、こちらに顔をむけて気づき、立ちどまった。

覚山は、足を速めた。

ちかづくと、喜平次がほほえんだ。

「いい塩梅《あんべぇ》だったな。こねえだのつづきを話しておきてえんだ。行こうか」

覚山はうなずき、喜平次の斜めうしろにしたがった。弥助と手先ふたりがつづく。

参道にはいったところで、手先のひとりが小走りでまえにでた。

さきになった手先が、笹竹の暖簾をわけて腰高障子をあけ、なかに声をかけた。

喜平次が土間にはいる。

女将のきよが六畳間の障子をあけて待っていた。

袂から手拭をだした喜平次が、足袋の埃をはたいてあがった。覚山はさほど歩いていない。失礼いたす、ときよに言って腰の刀をはずした。

喜平次が奥で窓を背にする。覚山は左壁を背にし、弥助が厨を背にする。障子はあいたままだ。

きよと女中が食膳をはこんできた。きよが六畳間にあがり、三人のまえに食膳をおいて酌をした。

女中が火をともした燭台《しょくだい》をもってきた。朝のうちは陽射しがあったが、昼になってしだいに雲におおわれ、座敷には日暮れのけはいがしのびこみつつあった。行灯に火をいれたきよが、土間におりて障子をしめた。

　喜平次が言った。

「昨日《きのう》、朝の見まわりを臨時廻りにおたのみして、房次の母親のとみに会いにいった。自身番でもよかったんだが、弥助を行かせて神田明神の出茶屋に呼びだした」

　喜平次が口端をひいた。瞳にからかうがごとききらめきがある。

謎かけだ。自身番屋に呼んでもよかったが、そうしなかった。女だからか。

自身番屋は、奥に小部屋がある。捕縛した者をとどめおいたり、呼びだしての吟味などにつかう。男のおのれだってそのようなところは御免こうむりたいと、覚山は思う。

　だが、人に見られるのは出入りのさいだけだ。いっぽうで、境内《けいだい》にある出茶屋の腰掛台は、ゆきかう者の眼にさらされる。

「女性《にょしょう》は、たぶんに身を守る術《すべ》にござりましょうが、不都合があれば、殻《から》に閉じこもり、貝のごとく口を閉ざしてしまうと読んだ憶えがござりまする。自身番屋へ呼びつければ、それこそ黙りこくってしまうおそれがあるように思いまする。また、自身番屋へ呼びつけられるは誰しもいやでござりましょう。それゆえ、自身番屋ではなく境内の出茶屋にしたと告げ、とみにおのれへの配慮とうけとらせる。しかしながら、人の眼がござりますれば、とみが黙りとおせるとは思えませぬ」

喜平次が笑みをこぼした。

「これまでかかわりがあった学問の師ってのはてえげえ融通のきかねえ堅物だったが、おめえさんと話すんは楽しいぜ」

「おそれいりまする」

「おめえさんの言うとおりよ。女の扱《あつけ》えはむつかしい。子の父親が誰かって話だ、自身番では町役人の耳にはいってしまう。で、このめえは、持ち場の定町に教えてもらった蕎麦屋の二階《けえ》座敷を借りて訊いた。そんときは、女にとっちゃあ微妙なことだし、こっちもいささか気をつかった。だから、こんどはずばり訊いた、房次は誰の子かってな。とみはうつむいてしまった」

そんなとみを見つめ、喜平次は境内に眼をやった。

赤児をおぶい、幼い子のあいてをしている子守の娘がいる。子をつれた裏長屋の若女房もいる。

ゆきかう参詣の者たちが、いちように顔をむけた。頰をこわばらせとみがいっそううつむく。

喜平次は、なおしばらくほうっておいた。

神田明神は、平将門《たいらのまさかど》を祀《まつ》る江戸総鎮守である。境内はひろく、火事を考え間隔をあけて松や桜が木陰をおとしている。しかし本殿裏の杜《もり》では、杉や檜《ひのき》の巨木が青空に緑を突き刺している。

表門である楼門《ろうもん》から本殿へいたる幅のある石畳ぞいや、石灯籠《いしどうろう》のあいだ、松の木陰などに出茶屋がある。

腰かけているのは看板娘のいない静かな出茶屋だが、石畳からさほど離れていない。参詣の者が、石畳をゆきかっている。

そのむこうで、仲春初旬のやわらかな陽射しをあびてむじゃきに遊ぶ子らに眼をやったまま、喜平次はおだやかな声をだした。

――吟味方にまかせるしかねえようだな。殺しの詮議《せんぎ》だ、あまく考《かん》えねえほうがいいぜ。これまではこっちのほうで足をはこんだがな、吟味方によるお調べとなれば、おめえと常吉とを町役人同道で御番所に呼びだすことになる。こととしでえによっちゃあ、何回《なんけえ》もな。

喜平次は、懐から巾着《きんちゃく》をだした。

とみがうつむいたままで言った。

——待ってください。

——じゅうぶんに待った。いつまでもつきあってる気はねえ。

——申しあげます。

喜平次は、あげかけた腰をおろした。

——で、どっちの子だ。

——あのときは、山形屋の旦那さまの子であればと願っていました。

——常吉の子ってわけか。

とみが、うつむいたままで首をふる。

——わかりません。ほんとうにわからないのです。おふさは、眼がおおきく、亡くなった両親《ふたおや》ともあたしに似てるって言ってました。

——山形屋と常吉のどちらにも似てねえわけか。

とみがうなずく。

——常吉とはいつからだ。山形屋のめえからか。

——ちがいます。見習のころから言いよられていました。山形屋の旦那さまとそうなって、なんだか申しわけない気がして。お詫《わ》びにいちどだけのつもりでした。だけど……。

――断れなくなったってわけか。昔のことをあれこれほじくられるのはいやだろうが、こっちも好きでやってるわけじゃねえ、お役目だ。世間体《せけんてえ》ってもんがあるし、おめえだっていくたびも呼びだされたくねえだろう。おいらとしても、できればこれっきりにしてえ。おめえの勘でいい、どっちの子だ。

ややまがあった。

――たぶん、うちの人との子だと思います。

――常吉はそう思ってる。

いい、とみがこくりと顎をひく。

――大事《でえじ》なことを訊く。正直にこたえなよ、いいな。去年の秋にここで山形屋と会ったおり、房次が山形屋の子だとは言ってねえし、それらしいこともらしてねえ。まちげえねえか。

いい、とみが、顔をあげて眼をむけた。

――はい、まちがいございません。房次という名です、ひいきにしてください、とお願いしただけです。

――わかった。帰《けえ》っていいぜ。

腰をあげ、こちらをむき、両手をまえであわせて低頭したとみが、いそぎ足で去っていった。

「……というしでえなんだがな。房次も山形屋も死んでる。とみが気にするとしたら、常吉にどう思われるかだろう。わざわざ呼びだしたんは、どっちの子だろうが常吉に話す気はねえからだ。それくれえはわかるはずだ。おめえさんの考《かんげ》えを聞かしてもらえねえか」

「山形屋五郎兵衛はとみを後添えにむかえるつもりでいた。表通りに店をかまえる問屋の内儀になれる。ならば、お腹《なか》の子は五郎兵衛の種《たね》でなければならない。拙者、松《まつ》江《え》では城下より離れた村に住んでおりましたが、あるおり、川端で洗いものをする女どもと話していて、誰の種であれ腹《はら》を痛めて産んだ子にちがいはあるめえさと言われ、女はそのような考えかたをするのかと感じいったことがござりまする。はじめは五郎兵衛の子であれと願い、つぎには常吉の子であれと願い、ついにはみずからも信じた」

喜平次が、肩を上下させてから、銚子をとって諸白を注ぎ、飲んだ。

杯をおいて顔をあげる。

「おいらの考《かんげ》えも、そんなところだ。二度とも弥助を呼びに行かせたんで、おいらは常吉に会ってねえ。弥助によれば、若《わけ》えころはいい男だったんじゃねえかってことだ。で、昔を知ってるのを捜してあたらせたんだが、悪い噂はでてこなかった。本気で富助こととみに惚れたのかもしれねえ。ほかに気づいたことは」

「神田明神の境内で山形屋五郎兵衛に会ったさいのとみの思惑、意図、懸念、そのようなものが判然としませぬ。どちらが出茶屋に誘ったのでありましょう」

「五郎兵衛が誘ったとみは言っている。ためらったそうだ。すると、五郎兵衛があのおりのことを詫びたいと言った。それで、腰掛台でお茶を飲むくらいならと思った。五郎兵衛が、さぞかし恨んだことだろう、すまなかった、と詫びた。とみは、昔のことです、と言い、娘が芸者をしているのでひいきにしてくださいとたのんだ。こねえだも言ったが、あんましかしこそうには見えねえ。娘に多くの座敷をかけてやりてえ親心かもしれねえんだが、なんかすっきりしねえんだ」

「房次は常吉との子として育てた。たまたま山形屋五郎兵衛と顔をあわせ、詫びられたことで昔がよみがえった。仰せのごとく、親心やもしれませぬ。あるいは、はっきりと言葉として頭にうかばぬまでも万が一にもとの思い、女としての、母親としての勘のごときものがはたらいたのやもしれませぬ。房次は母親に似ている」

「それよ。山形屋は商人《あきんど》で、算盤《そろばん》は得手だ。生れ年と生れ月とを聞けば、てめえの子かもしれねえことに思いいたる。だから、ふたりのあいだに房事《ぼうじ》はなかった」

覚山は、力強く顎をひいた。

「拙者もそう思いまする」

喜平次が、口をすぼめ、ふう、と音をたてた。

眼がなごみ、肩がおちる。

「学者先生《せんせえ》もおんなし考《かんげ》えだと知って安堵《あんど》したぜ。そいつが気になってたんだ、ありがとよ。あってはならねえことだからな。たぶん、こういうことじゃねえかと思う」

山形屋五郎兵衛は、房次に会って昔を想いだした。あのころの母親によく似ている。なつかしさがあった。歳と生れ月を訊き、指をおる。おのれの子かもしれない。

そして、とみがなにゆえ房次のことをたのんだかに思いいたった。

深川の山形屋にたずねてこられる立場ではない。手切れのさいにそう約定している。神田明神でたまたま会えたのは、人の道を踏みはずさせまいとする神仏のお導きに相違ない。

五郎兵衛は房次をひいきにした。山形屋の娘としてすごしておれば、芸者になどならずともすんだ。さぞかし不憫《ふびん》に思ったことであろう。

いっぽうの房次にとって、五郎兵衛は願ってもない客であった。むりを言わず、いやなふるまいもしない。五郎兵衛が望むなら、囲われるのも旦那として迎えるのも、かまわない。惚れたというほどではないが、やさしさに惹《ひ》かれていた。それがしぐさや眼差にでた。

「……それを見た青柳女将が早合点をした。これなら、おいらとしても得心がいく。畜生道を暴くなんざ、やりたくねえが、役目ならやらざるをえねえ。肩の荷がおりたぜ」

暮六ツ（六時）の捨て鐘が鳴りだした。

喜平次が言った。

「すまねえが、もうちょいつきあってくんな」

「お気づかいなく。万松亭の長兵衛どのも遠慮なくと申しておりました」

「そうか。おめえさんにとっては雇い主ってわけか」

「さようにござりまする」

「まあ、ともかく、房次をじつの娘だと思ってた。いってえなにをあずけたのか。誰がなんのためにそれを奪ったのか。地味にひとつひとつ潰していくしかねえ。五郎兵衛が房次になにをあずけたかで想いだしたんだが、山谷についてもわかったことがあるんで話しておこう。小糸が母親の形見の守り刀を大事《でえじ》にしてたのは話したよな」

「うかがいました」

「それが見つからねえそうだ。小糸は独り暮らしだった。家捜しされた跡がねえから、物盗とは思えねえってことだ」

「守り刀なら帯の背に隠せまする。剃刀ではなく守り刀。ありえまする。ですが、母親の形見をそのようなことにもちいるでしょうか」

「だからあえてというのもありうる。いっぽうで、小糸のしわざにみせかけるために、奪い、捨てたってのも考《かんげ》えられる」

「なるほど」

「それと、船頭の蓑助だが、このところ、女房とのいさかいが絶えなかったそうだ。娘ふたりは女房の連れ子で、蓑助とのあいだの子はいねえ。それもあるかもしれねえが、女房は余所《よそ》に女ができた、それも芸者といい仲になったと思いこんでるらしい」

　喜平次が苦笑をこぼす。

「いや、なに。どうしようもねえ悋気《りんき》もちでまともに話ができねえって、探索にあたってる定町がぼやいてる。蓑助は、船頭仲間に小銭を借りてる。女ができたんじゃなく、博奕《ばくち》に手えだしたのかもしれねえ。博奕で首がまわらなくなって悪事に手をそめる。そのために船持ち船頭を博奕に誘いこむ。よくある。船頭仲間だ、松吉がなにかひろってくるかもしれねえ」

かすかに眉根をよせた喜平次が、ほほえむ。

「おいらの考《かんげ》えがたりなかった。今日はこれくれえにしとこ。先月所帯《しょてえ》をもったばっかしだもんな、およねが腹すかして待ってるんだろう、早《へえ》く帰《けえ》ってやんな」

覚山は、思わず赤面した。

「申しわけございませぬ」

「いいってことよ」

覚山は、きよが用意したぶら提灯をさげ、ひと足ごとに濃くなる暮色のなか家路をいそいだ。

第四章　船火事

一

窓の雨戸をあけると、大気が湿っていた。音は聞こえなかった。小雨が夜をぬらしたようだ。屋根瓦《がわら》も洗われている。

はるか下総《しもうさ》の空が白みはじめていた。

冷たくもかぐわしい未明の大気を胸腔《きょうこう》いっぱいにすって、覚山は障子をしめた。

寝巻を脱ぎ、よねにわたされた稽古《けいこ》着をきる。

となりの六畳間窓の雨戸もあけ、一階の雨戸もあける。

夜明けはまだ寒い。囲炉裏《いろり》で火をおこしていると、きがえたよねが板戸をあけてはいってきた。

火打石でともした火を付木《つけぎ》にうつして、八の字にかさねた薪《まき》のしたの枯れ葉と小枝を燃やす。薪のうえには居間の火鉢でつかう炭ものせている。

枯れ葉や小枝は薪とともに買う。町内には、薪屋があり、炭屋がある。手代がきて注文を聞き、人足にはこばせる。そのつど、月末、半期、年末払いがある。そのつどがもっとも安い。紙はためておき、紙屑買いに売る。火をおこすのにつかうのは紙屑買いが買わない紙だけだ。

薪に火がうつったところで囲炉裏を離れ、手盥《てだらい》で顔と手を洗った。

厨《くりや》から居間に行き、庭におりてくぐり戸の閂《かんぬき》をはずした。

よねが、燃えた炭をもってきて長火鉢にいれ、厨へもどった。

覚山は、火箸《ひばし》で灰をかぶせていた炭を掘りだし、屑炭をたした。ほどなく、屑炭からほかの炭にも火がうつった。

庭のくぐり戸があけられ、長吉がきた。

覚山は、八角棒をもって庭におりた。

明六ツ（日の出、六時）の捨て鐘で稽古を終えて長吉を帰した。

熱心に稽古にとりくんでいる。しかも楽しいという。はじめは護身の術《すべ》を教えるていどのつもりでいたが、家伝の水形流《すいぎょう》の手ほどきも考えるようになった。

かよいのたきは、住まいがすぐなので明六ツの鐘が鳴り終わるまえにやってくる。若い娘がひとりふえただけで、ずいぶんとあかるくはなやかになった。あやうくそれをよねに言いかけ、黙っているほうが得策であろうと思いいたった。

松吉が、十八歳にしか見えませんとみえすいた世辞を言う。にもかかわらず、よねは怒ったふりをしながらやたらうれしげだ。いっしょに暮らし、あまり波風をたてぬためには女心とやらに斟酌《しんしゃく》せねばならぬのを、日々、学びつつある。

兵法《ひょうほう》は武術であり、技倆《ぎりょう》を磨く修練に尽きる。兵法《へいほう》は軍《いくさ》の仕様であり、兵糧と武器とを十全にととのえることと、敵をよく知ることが肝要である。孫子《そんし》も説いている
〝彼を知り己《おのれ》を知れば百戦殆《あやう》からず。彼を知らず己を知らざれば戦うごとに必ず殆し〟と。

森羅万象《しんらばんしょう》には理《ことわり》がある。そのはずだ。これまで繙《ひもと》いた書物に女の奇っ怪さを解き明かしたものはなかった。ならば、躓《つまず》かぬよう用心しながら学んでいくしかない。

たきは朝餉《あさげ》のしたくをてつだい、夕餉《ゆうげ》のかたづけをすませて帰る。まえからかよっているてつにはよねがきちんと話して納得させたようだ。

心なしか、てつがきびきびうごくようになった。

湯屋《ゆうや》からもどり、長火鉢をまえにあぐらをかくと、てつが茶をもってきた。これま

でなかったことだ。

覚山は、礼を言い、茶を喫した。

ほどなく、よねがもどってきた。てつがよねにも茶をはこんできた。

この日は弟子のつごうで稽古がない。ふたりでのんびりくつろいでいると、庭のくぐり戸があけられた。

「先生《せんせえ》、よろしいでやしょうか。じゃまならそうおっしゃっていただければ、すぐに帰《けえ》りやす」

よねが噴きだし、立っていって縁側の障子をあけた。

「おはようございやす。およねさん、今朝はまたいちだんとお綺麗《きれい》で。雲ひとつねえ青空のおてんとうさまよりかがやいておりやす」

「いいからおあがりなさい」

「へい。ありがとうございやす」

沓脱石《くつぬぎいし》からあがってきた松吉が、敷居をまたいで膝《ひざ》をおった。

縁側の障子をしめたよねが、厨へ行ってもどってきた。襖《ふすま》はあけたままだ。すぐに、盆に茶碗をのせたたきが姿をみせた。いったん膝をおって襖をしめ、盆をもって立ちあがり、膝をおって松吉のまえに茶碗をおいた。

驚いた表情でたきを見つめる松吉が、つぶやいた。

「たまげた。まさか、先生《せんせえ》とこで、ほんものの娘に会えるとは思いやせんでした」

「おや、にせものでわるかったわね」

「えっ。あっ、違《ちげ》えやす。およねさんも若《わけ》え」

「〝も〟。そうかい、あたしはつけたしなんだね」

「先生《せんせえ》」

「わしをまきこむでない」

「そんなぁ、助けておくんなさい」

「おまえがよくない。おまえがあまりにまじまじと見つめるものだから、見ろ、おたきも肩を震わせて泣いておるではないか」

うつむいていたたきが、両手を口にあてた。笑いをこらえている。肩の震えがいっそうおおきくなる。

よねが苦笑いをうかべた。

「おたき、ここはもういいから、むこうへ行ってなさい」

両手で口をおさえたまま立ちあがったたきが背をむける。右手で襖をあけて厨のほうへ去った。

よねが、吐息をつき、腰をあげて襖をしめた。

覚山は言った。

「おまえは考えずに口にするからよくない。三日くらい考えてから話すようにするがよい」

「そんなに考《かんげ》えていたら、頭《つぶり》が痛くなって、なにを言うつもりだったか忘れてしまいやす」

「よいか、つぎの日のことを翌日という。そのつぎは翌々日だ。よくよく考えてから話すようにしろと申しておる」

「へい。ん。先生《せんせえ》、それって、ひょっとして、まさかとは思いやすが、洒落《しゃれ》のつもりでやすかい。いや、そうじゃねえ、そうじゃねえ。まるでおもしろくねえし、どう見たって、洒落を言うお顔じゃありやせん」

「ふん。よけいなお世話だ」

よねが噴きだした。

松吉がよねに顔をむける。

「およねさん、勘弁しておくんなさい。ふいに若《わけ》え娘があらわれたんでびっくりしちまったんで。申しわけございやせん」

　よねがやさしい声をだした。

「そんなにしょげることない。悪気がないのはわかってる。となりの長屋の娘《こ》で、名はたき。昨日《きのう》からかよいできてもらってる。よろしくね」

「へい。それで歳はいくつで」

「十五」

「来年は十六歳。年ごろだ。あっしは二十八。十二違《ちげ》え。あっしも、ちょうどいい塩《あん》梅《べえ》の年ごろになりやす」

「ばか言ってんじゃないよ。ちょっかいだしたりしたら承知しないからね」

「そんなことしやせん。十六、あっしにもそんな年ごろがありやした。およねさんは三年めえでやすね」

「いいかげんにしないと、しまいにはぶつわよ」

「すいやせん」

　顔をふせた松吉が、茶碗に手をのばす。

　覚山は、つぶやいた。

「不死《ふし》の病《やまい》だな」

　茶碗をおいた松吉が顔をあげる。

「富士のお山が、なんでやす」

覚山は首をふった。

「そうではない。おまえのおしゃべりは死んでもなおるまいと言ったのだ」

「へい。亡くなったおっかあが、おめえは生まれたとたんに取上《とりあ》げ婆《ばば》(産婆)が腰ぬかすほどうるさかったとなげいておりやした。あっしも、せめてあの世では、閻魔《えんま》さまに睨《にら》まれねえようおとなしくしようと思っておりやす。おっと、なにしにきたんか忘れるとこでやした。……およねさん、山谷《さんや》のことを話してもかまいやせんか」

「いいわよ」

「先生《せんせえ》、船頭の蓑助《みのすけ》についてふたつほどわかりやした。ただ、ひとつは、所帯《しょてえ》をもったいきさつで、十年もめえのことでやす。それでもかまわねえんでやしたら、そっちのほうからお話しいたしやす」

「聞かせてくれ」

「ちょうど十年めえの二月すえごろのことでやす。あっしは、十五の春に有川《ありかわ》に雇っていただき、二年がたち、艪《ろ》のあつかいなんかを教えてもらいはじめたころで、あんことはよく憶《おぼ》えておりやす」

小首をかしげていたよねが、柳眉《りゅうび》をよせ、松吉を見た。

「十年まえの春……屋根船が燃えて、お客がふたりと、深川《ふかがわ》の芸者もふたり溺《おぼ》れ死んで大騒ぎになったことがあったわね。たしか、船頭も、そのあとで首を吊《つ》って死んだ」

松吉がうなずく。

「それでやす。くわしく聞いておきやした」

十年まえの仲春二月の下旬で二十四、五日ごろのことだ。

その日は、朝から陽射しがまぶしいほどにあかるく初夏のごときぽかぽか陽気だった。しかし、夕陽が相模《さがみ》の空にかたむいていくにつれて、南風だったのが北風になり、下総のほうから雲がおしよせてきた。

仲春から晩春にかけて、夜明けまえに冷えたときには朝霞《あさがすみ》が、昼間の陽気が夕刻になってきゅうに冷えたときには夕霞がたつ。

この日もそうだった。

向島《むこうじま》の料理茶屋で暮六ツ（六時）から夜五ツ（八時）まで、油問屋の寄合があった。問屋仲間の親睦をかねての酒宴である。当番が深川の油問屋だったので、深川芸者が呼ばれた。

寄合は刻限どおりに夜五ツの鐘で終わった。

日暮れからただよいだした霞が、夜空がまったく見えぬほどに濃くなっていた。まえを行く者がもつ小田原提灯《おだわらぢょうちん》のあかりがおぼろにしか見えない。ほろ酔いかげんの商人《あきんど》たちも芸者も、足もとに気をくばりながら隅田堤《すみだづつみ》をおりていった。

向島は、日本橋あたりからだと遠い。にもかかわらず何軒もの料理茶屋があったのは、地所をひろく借りて庭に意匠をこらし、平屋造りのほかに離れをふくめ、座敷がひろくとれるからであった。そのため、大名家老職への饗応や問屋仲間などの多人数の寄合が多かった。

竹屋《たけや》ノ渡《わたし》では、座敷にあかりをともした幾艘もの屋根船が待っていた。桟橋につけられずに船頭が棹《さお》をたてている屋根船もあった。

帰りの足をみずからてくばりする店《たな》もある。手代をむかえにこさせたり、近場の者でさそいあってであったりもする。ほかは、当番が幾組かにわけて料理茶屋に屋根船を申しつける。

向島の料理茶屋がたのむのは、おもには山谷堀の船宿で、たりなければ隅田川上流の橋場《はしば》ノ渡にかけての船宿に声をかける。

当番の屋根船をのこした最後の屋根船には、客が四名と芸者が二名のった。山谷堀の船宿〝澄川《すみかわ》〟の屋根船で、船頭の名は勘助《かんすけ》、三十七歳。

竹屋ノ渡と山谷堀とのあいだには、山谷堀よりに大小の寄洲がある。

川面は霞がたちこめていた。舳《みよし》両側の柱の掛行灯《かけあんどん》と座敷のあかりが、白くぼんやりとしたちいさな輪をひろげている。まえをいく屋根船のあかりさえわからぬほどであった。

船頭の勘助は、まえと左右に眼をくばりながら艪をあやつった。

なにも見えずとも隅田川の幅はわかっている。

竹屋ノ渡から寄洲までがおおよそ一町半（約一六四メートル）。吾妻《あずま》橋までは九町（約九八一メートル）たらずだ。

寄洲を背にしたあたりでだった。東岸の向島は水戸《みと》徳川家蔵屋敷があるのでまっ暗だが、西岸は浅草《あさくさ》の町家がつづくので食の見世《みせ》からのあかりがある。

勘助は舳を西岸のほうへむけた。

すると、ふいに、白い霞を裂いて黒い影があらわれた。

猪牙舟《ちょきぶね》の舳だ。すごい速さで突っこんでくる。危ないと思うまもなかった。舳の船縁に音をたててぶつかった。

船が揺れた。

座敷で芸者たちが悲鳴をあげた。

勘助は、早緒《はやお》（艪縄）をつかんでふんばった。

――ばかやろうッ。いきなり向きを変えるんじゃねえ。

猪牙舟の船頭が怒鳴った。

船縁どうしがこすれ、猪牙舟がすぎていく。灯りをともしていない。灯りがあれば気づいた。勘助は、唇をかみ、霞に消えていく船頭の背を怒りの眼でにらんだ。

ぼっと音がした。

――大変《てえへん》だ。

勘助は、声をだし、艪をはなして、ころがるように艫《とも》の障子をあけた。

四隅にある行灯の釉がわ二基がたおれて障子紙が音をたてて燃えていた。船縁《ふなべり》を背にしている客四名と、なかで対座している芸者二名が、眼をみひらき、燃えだした行灯を見つめている。

塑像《そぞう》のごとく固まっている。眼のまえで行灯が燃えている。それを見ているにもかかわらず、なにがおこっているのかわかっていない。そんな風情であった。

すでに火は釉の障子にうつっており、畳も燃えだしていた。あいた穴から吹きこむ川風が火をあおっている。

勘助は大声をだした。

――お客さま。

六名が、はじかれたように顔をむけた。

――こっちにきておくんなさい。

火を背にした芸者ふたりの顔からさっと血の気が失せる。商人たちは、がくがくとうなずいた。ようやく、なにがおこっているかに思いいたったのだ。

六名がいっせいに艫にくる。

勘助は障子を左右いっぱいにあけた。右により、障子枠をはずして川に投げる。もう一枚もはずして投げた。

商人四名が、肩や上体をぶつけながら我先に艫にでてきた。酔いがふっとんで、顔は蒼ざめ、眼はひきつっていた。女である芸者たちをさきにするゆとりさえ失っている。

勘助は、おおきく息をして鴨居をくぐった。

紙は燃えやすい。両舷の障子枠をはずして川になげる。艫の両隅にある行灯も川に投げた。

舳は、障子紙ばかりでなく、枠、両脇の柱、天井まで火がひろがりつつあった。そのぶん、あかるくなる。ちかくに舟がいるなら気づく。

勘助は、艫にでて、叫んだ。

——火事だぁッ。助けてくれッ。

客と芸者ふたりも叫ぶ。

勘助は、眼をこらして四周を見た。だが、ちかづいてくる影はない。

火が風を呼び、風が火を煽《あお》る。

叫び、眼をこらしてまわりを見る。白い闇におおわれていてなにも見えない。客と芸者も叫びつづけている。

こけら（板）葺きの屋根も燃えだした。船のまわりだけが、いっそうあかるくなった。四周も空も白一色で、白くないのは炎を映している黒っぽい川面だけだ。

畳と屋根の火が熱さをともなって迫りつつあった。

じきに、座敷は火の海となる。だが、川のうえだ。すべて燃えることはない。船は木でできている。沈んだりはしないはずだ。船底は燃えないし、火も水に消される。

艫はどんどん熱くなりつつあった。熱さに、商人四名も芸者二名も顔をそむけている。

勘助は言った。

——申しわけありやせん。助けがくるまで川んなかにはいっててください。

芸者たちが首をふった。

——泳げません。

勘助は訊《き》いた。

——旦那がたは。

商人四名も首をふる。

六名とも泳げない。どうすればいい。

懸命に考える。

艫の床板をはずして刃物をだす。艪にむすんでいる早緒を切って川にたらす。舫《もや》い綱《づな》を艪杭にむすんでたらす。てきとうな長さで切り、さらにむすんでたらす。早緒をいれて五本。たりない。帯をほどいて艪杭にむすび、たらした。

——旦那がた、羽織をぬいでいただけやせんか。

勘助は、半纏《はんてん》をぬいで川につけて水を吸わせ、艪杭にかけた。うなずいた商人たちがつぎつぎと羽織をぬぐ。

おなじくたっぷりと水を吸わせた羽織を艪杭と、帯や綱にかぶせる。

火が艫の鴨居に迫っていた。

——旦那がた、まずはあっしが川にはいりやすんで、申しわけありやせんが、芸者からさきにお願《ねげ》えしやす。

——わかった。いそいでたのみます。

——へい。

勘助は、帯をにぎって船縁をつかみ、足から水にはいった。仲春とはいえ霞がたちこめている夜、川の水は刺すように冷たかった。

帯を左腕にまきつけてにぎり、勘助は顔をあげた。

——お願《ねげ》えしやす。

船縁に尻をのせた芸者がそろえた両脚を川へむけてたらす。商人ふたりが左右の腕をつかんでゆっくりとおろす。勘助は、おりてきた芸者の腰に右腕をまわした。

——この帯をしっかりつかんでください。けっして離しちゃあいけやせん。

もうひとりの芸者、そして四名の商人たちに舫い綱と早緒をにぎらせる。みずからは艪に腕をかけた。

すぐに助けがきやす、とはげました。そのはずだ。向島や山谷堀からの帰り船。あるいは吉原《よしわら》へむかう屋根船や猪牙舟がとおるはずだ。神仏に祈り、舟影をさがした。

屋根が音をたてて崩れ、火の粉が舞った。

しだいに火の勢いがおとろえていく。

首、顔と鳥肌がたち、震えで歯ががちがちと鳴った。

芸者のひとりが流された。助けにいく力はのこってなかった。ほどなく、ふたりめも川面に消えた。つぎに年寄の商人が流され、痩《や》せた商人も舫い綱が手から離れた。おのれは船頭だ、客の命をあずかっている。しかし、川の水はあまりに冷たく、手はしびれ、すべる艪を腋《わき》にはさんでいるのがやっとだった。

「……お客が溺れていくのに、なんもできねえ。さぞかしつらかったろうと思いやす」

松吉が眼をうるませた。

よねは袂《たもと》からだした手拭《てぬぐい》を目頭にあてている。覚山は、武士であり、親の死のほかに涙を流すは不覚と心得ている。涙はこらえておき、後架《こうか》にいったおりにでもついでにながせばよい。

松吉がつづけた。

屋根が落ちて火はおとろえつつあるが、船はまだ燃えていた。ずいぶんとながく感じるがまだそれほどたっていないということだ。

しかし、しだいに頭がぼんやりとしてきて、めんどうになってきた。このまま眼をとじて、水に流されたらどれほど楽だろう。

——あっ、あっ。

舫い綱に腕をからめてぐったりとしていた商人が、顔をあげた。上流を見ている。

勘助は、首をめぐらした。

白い霞をやぶって艫の影があらわれた。つぎに座敷のあかり、そして屋根。

勘助は叫んだ。

——助けてくれッ。

のこったふたりの商人もあらんかぎりの声をだした。

船足がおちた。

艪から棹《さお》にかえたのだ。火にちかづきすぎないようにゆっくりと艫をめぐらしている。屋根船は、艫も舷《ふなばた》も障子があけてあった。

舷で身をのりだしている商人を見た客のひとりが声をあげた。

——播磨《はりま》屋さん。

おおきくうなずいた播磨屋が、いっそう身をのりだして言った。

——すぐに助けます、すぐに助けますからね。

「……播磨屋は油《あぶら》堀にあるおおきな油問屋で、その夜の当番だったそうでやす。船頭がさした棹を播磨屋の旦那がつかんで船が流されねえようにして、船頭が三名を船にあげたとのことでやす」

　水の冷たさに三人とも弱っていた。商人のひとりはそのごしばらく寝こんでしまった。

　逃げた猪牙舟の船頭はすぐにお縄になった。吉原へ行く客を山谷堀まで送り、もうひと稼ぎすべく柳橋《やなぎばし》へいそいでいた。しかも、蠟燭《ろうそく》がもったいないので提灯をともしていなかった。

　四人も死んでいる。猪牙舟の船頭には死罪の沙汰《さた》があった。

　勘助へのお咎めはなかった。だが、眼のまえでつぎつぎと溺れていくのに助けることができなかったのがよほどにこたえたのであろう。首を吊って死んでしまった。

　幼い娘ふたりをかかえて悲嘆にくれる女房のかねをはげましたのが、勘助になにかと世話になっていた蓑助だった。毎日のようにたずねて、なぐさめ、めんどうをみているうちに、四十九日がすぎ、かねと蓑助とはなるようになった。

「……蓑助ってのは偉《えれ》えやつで、子をつくらねえようにしてるって言ってたそうでやす」

「ほう」

「そうなんで。てめえの子ができたら、ふたりの娘よりかわいがるんじゃねえかって心配《しんぺえ》だからつくらねえほうがいいって話してたそうで」

「たいしたものだな」

「おっしゃるとおりで。なかなかできるもんじゃありやせん。ところがでやす、あっしにもわけてほしいくれえでやすが、蓑助ってのは、どうも、いいよられると断れねえ質《たち》のようで、これまでに三度《みたび》、芸者と、そのう、いい仲になったそうで。そのたんびに女房にばれて騒動になり、お侍《さむれえ》の娘ならそういうこともあるめえと、もっぱら小糸《こいと》って芸者のお客をお送りするようになったってことでやす」

「松吉」

「なんでやんしょう」

「北町奉行所の定町廻り柴田どのが、蓑助は博奕《ばくち》に手をだしていたのではないかとおっしゃっておられた。なにか聞いておらぬか」

「いいえ」

なにやら想いだしたようだ。表情が翳《かげ》る。

「……ですが、北御番所の旦那がそうおっしゃっておられるんでやしたら、そうかもしれやせん。屋根船持ちの船頭は悪党どもに狙われやす。わかってても、ひきずりこまれてしまいやす。あたってみて、なんかわかりやしたら、またお話しにめえりやす。とんだ長居をしちまいやした。およねさん、馳走《ごち》になりやした。失礼《しつれえ》させていただきやす」

低頭した松吉が、障子をあけて、濡れ縁から沓脱石におりた。

ふりむいて辞儀をする。

表情は翳りをとどめたままだった。

頭のなかに靄《もや》があった。松吉の話のなにかにひっかかった。

二

障子をしめてふり返ったよねの顔もしずんでいる。眼をふせ、なにか思いつめているようすもうかがえる。

覚山は、脳裡《のうり》の靄を消して言った。

「ふいに暗い顔になった。松吉に申しわけないことをしたかな」

よねが、猫板《ねこいた》のまえに膝をおり、首をふった。

「たぶん、あのことを想いだしたんです。一昨年《おととし》の冬でした。有川から屋根船持ちになった船頭が、火盗改《かとうあらため》にお縄になり、島送りになってしまいました。うまい儲《もう》け話があると、松吉もさそわれたようです。そんな話には裏があるからやめたほうがいいってとめたが、聞いてもらえなかったと言ってました。いい手間賃ではこんでいた荷が盗人《ぬすっと》一味のもので、仲間にひきずりこまれたようです。松吉はおっちょこちょいですが、まがったことがきらいで、へんなちょっかいをだすこともないから、芸者たちに評判がよいのです」

「そうか。蓑助も、賭博がらみで悪事にかかわるようになったのではと思うたわけか。その船頭も独り身ではなかったのか」

よねがうなずく。

「子が四人です。女ひとりではどうすることもできません。実家《さと》が下総の銚子《ちょうし》で、子らをつれて帰ったそうです」

よねは、板橋宿《いたばしじゅく》にちかい十条村《じゅうじょうむら》の出で、両親《ふたおや》は他界し、兄が百姓をしているという。

いちど挨拶《あいさつ》に行かねばなと言うと、ええそのうちにと気のりしないふうであった。いらい、そのことにはふれていない。

事情があって芸者になった。それくらいは聞かずともわかる。人は、それぞれにかをかかえて生きている。父も諸国を修行してまわっていたころのことはあまり話さなかった。

よねが、ふせていた眼をあげた。

「先生、きちんとお話ししなければと思っていたことがあります」

「まずはわしから言わせてくれ。米吉《よねきち》であったころのことを、わしは長兵衛《ちょうべえ》どのからなにも聞いておらぬ。聞きたいとも思わぬ。わしがおそれるは、およねに愛想《あいそ》づかしをされることだ。米吉があったからこそいまのおよねがある。いまのおよねは、頭のてっぺんから足のさきまで、わしのもの、わしだけのものだ。そうであってくれれば、わしはうれしいし、ほかにはなにもいらぬ」

よねが唇をゆがめ、両眼に涙をためた。

覚山は、やさしく言った。

「さきほども涙をこぼしていたではないか。あまり泣くな。赭《あか》い眼をしていたら、おたきにわしが泣かしたと思われてしまう」

「あい」

よねが袂からだした手拭を眼にあてた。

すこしして、手拭をもどした。

顔をあげたよねに、覚山はうなずいた。

「だいじない、あかくなってはおらぬ。わしは果報者だ。美人を小町娘《こまちむすめ》というであろう」

怪訝《けげん》な顔になる。娘は十九歳までで、二十歳からは年増である。

覚山はつづけた。

「平安《へいあん》という大昔の歌人《かじん》、歌詠《うたよ》みのことだ、小野《おのの》小町からきている。たぐいまれな別嬪《べっぴん》であったそうな。唐土《もろこし》にも、たとえば傾城傾国《けいせいけいこく》の西施《せいし》とか、花の名になった虞《ぐ》美人とかおるが、唐《とう》の玄宗《げんそう》皇帝をとりこにした楊貴妃《ようきひ》がよく知られている。その楊貴妃についてこのような逸話がある」

玄宗皇帝が楊貴妃をともなって宮中の池に咲く白蓮《びゃくれん》を愛でていると、供の者たちが白蓮の美しさを褒《ほ》めそやした。すると、玄宗皇帝が楊貴妃を指して、〝いかでか我が解語《かいご》の花にしかん〟と言った。

「……そうかな、蓮《はす》の美しさも、言葉がわかる花である楊貴妃にはおよぶまいよ、という意味だ。およねは、わしの解語の花だ」

よねが眼をふせた。

頰《ほお》がたちまち朱に染まる。

ほどなく、およねが、盆に茶碗をのせて厨へ行った。

中食《ちゅうじき》のあと、覚山は文机《ふづくえ》にむかって書状をしたためた。乾かして封をして、表に〝柴田喜平次殿〟、裏に〝九頭竜覚山〟としるした。そして、中食のかたづけを終えたたきに、正源寺《しょうげんじ》参道の居酒屋〝笹竹《ささたけ》〟にとどけさせた。

夕七ツ（四時）の鐘から小半刻（三十分）ほどして、弥助《やすけ》手先の三吉《さんきち》がきた。喜平次が来訪したいという。

覚山は承知した。

よねがあわててしたくにかかった。

夕七ツ半（五時）じぶんに、喜平次が弥助を供にやってきた。

覚山は、ふたりを客間にとおした。

よねがたきとともに食膳をはこんできた。話の腰をおらないように、行灯にはすでに火をいれている。

たきの姿に、弥助はわずかに眼をみひらいたが、喜平次は眉《まゆ》ひとつうごかさなかった。よねがたきを紹介し、辞儀をしたたきが厨へもどって弥助のぶんの食膳をもってきた。

銚子を手にしたよねに、喜平次が微苦笑をこぼして杯を手にした。

まえにきたおり、酌はいらぬ、肴《さかな》は沢庵《たくあん》でじゅうぶんと言っていた。食膳には小鉢がふた皿ある。

三人に酌をしたよねが、廊下にでて襖をしめ、去った。

喜平次が言った。

「隅田川で屋根船が燃え、商人と芸者が二名ずつ溺れ死んだ件は憶えている。おいらは吟味方にいた。舳どうしがぶつかり、さきをいそいでいた猪牙舟の船頭は濃い霞のせいで屋根船が燃えだしたのに気づかなかった。ほんらいなら、猪牙舟の船頭は敲《たた》きくらいだ。それが死罪になったには理由《わけ》がある」

猪牙舟の船頭は頑として非をみとめなかった。いそいでいたし、屋根船が燃えたのも霞に隠れて見えなかったと強弁した。

吟味方は嘘を感取した。しかし、ふてぶてしく、なまなかなことでは口をわりそうにもないので、いきなり石抱《いしだき》の牢問《ろうどい》にかけた。膝に石を二枚のせたところで、猪牙舟の船頭は観念した。

寄洲をすぎたので、岸によりすぎないように舳を川のなかほどにむけた。顔はそのまま岸のほうへむけていたので、ぶつかるまで気づかなかった。

まずいなと思い、屋根船の船頭に罵声《ばせい》をあびせ、いそいで離れた。霞のむこうが、ぼうっとあかるくなった。屋根船の座敷が燃えだしたのだ。さらに力をこめて艪を漕いだ。

灯りをともしていなかったこともふくめて非はすべて猪牙舟の船頭にあるということで、死罪に決した。はじめから非をみとめて神妙にしていたら遠島ですんだかもしれない。

「……勘助のほうは、律儀な奴で、四人も死なせてしまったことでみずからを責めていたらしい。だが、猪牙舟に灯りがあればぶつからずにすんだ。それに、客を助けるために手をつくしている。で、お咎めなしになったんだが、眼のめえでつぎつぎに芸者と客とが溺れていったのがよほどこたえたのだろうな。思いつめたあげくだろうが、首をくくった。その女房と娘たちをもらったのが蓑助だったわけか。蓑助の浮気についちゃあ、こっちでもつかんでる。だが、子をつくらねえようにしてるってのは知らなかった」

「やさしさからかもしれませぬ。娘がふたり。子ができ、それが男の子ならかわいがる。そこまで考えての分別。いっぽうで、芸者にさそわれればことわらぬ。蓑助と申す者、どうにもわかりかねまする」

喜平次が笑いをこぼした。

「てえげえの奴は、芸者の色眼に勝てねえよ。まあ、堅物《かたぶつ》のおめえさんはどうか知らねえがな」

覚山は絶句した。

口をひらきかけてとじ、ふたたびひらいた。

「拙者とておなじでござりまする。勝てませぬ」

「あのな、先生《せんせえ》。世間じゃ、それをのろけって言うんだぜ。芸者だったころの米吉に色眼をつかわれて心を鬼にできる奴なんていねえよ。しかも、まだ所帯《しょてえ》をもったばっかじゃねえか。おめえさんが、余所《よそ》に女をつくったら、おいら、みなおしてやるよ」

「滅相もござりませぬ」

「だろうな。顔に〝よね命〟って書いてある。蓑助の件はこっちの一件にかかわりがあるかもしれねえんで、ひきつづきあたってもらってる。おめえさんが言うように、子をつくらねえってのは釈然としねえな」

「蓑助のことはどこまでわかっておるのでしょうか」

「どういうことでえ」

「生れがどこで、船頭になった経緯《いきさつ》などです」

「いや。なんでそれが気になるのかをあとで聞かせてくれ。山形《やまがた》屋五郎兵衛《ごろべえ》がのった屋根船の船頭は、たぶん蓑助だ。で、山形屋は殺された」

喜平次が眼で問う。

覚山は首肯した。

「拙者もそう思いまする」

「さて、蓑助は屋根船持ちの船頭だ。女にだらしがねえ。蓑助も下心があったかもしれねえが、ぞんがい後家のほうでいいよったんじゃねえか。まだちっちぇえ娘ふたりを養っていかなきゃあならねえからな、むりもねえ。そのあとも、芸者が三名《めえ》。ほかにもいるかもしれねえが、女房にばれて悋気《りんき》をおこさせてる。てことは、女で悪事にひきこむことはむずかしい。女房が騒ぐからな。となると、博奕《ばくち》だ」

蓑助は船頭仲間に銭を借りている。ただたんに博奕にのめりこんでいただけなら、早晩、貸した銭のとりたてだと地廻りがあらわれる。

十五歳と十二歳の娘がある。十五歳の娘のほうはなかなかの縹緻《きりよう》よしだ。ふたりを吉原へ売ればけっこうな金子《きんす》になる。地廻りが見のがすはずがない。

うえの娘は、来月五日の出代《でがわ》りから山谷堀にちかい待乳山聖天宮《まつちやましようてんぐう》の出茶屋での奉公がきまっている。

「……こっちの見張りに気づいた。あるいは、用心している。そうかもしれねえが、いまのところなんの気配もねえ。いっしょに行ったか、賭場で蓑助を見た者《もん》がいねえか。船頭仲間だ、それでお縄にはしねえから松吉にあたってもらいてえんだ」

「かしこまりました。蓑助が賭場にかよっていたにもかかわらず地廻りがあらわれぬのであれば、銭をわたして博奕をさせていた者がいる」

「そういうことだ。すると、蓑助が小糸を殺して、てめえの喉を突いたんじゃなく、ふたりとも殺されたってのも考《かんげ》えねえとならなくなる」

喜平次が肩でおおきく息をした。

「……蓑助は女にだらしがねえ。小糸に袖《そで》にされて逆上し、殺しちまった。われに返《けえ》り、てめえの喉を匕首《あいくち》で突いて死んだ。一件落着。よく考《かんげ》えてある。はなからふたりを始末するつもりだったのかもしれねえ」

「仲間割れかもしれませぬ」

喜平次が顎をひく。

「それもある。ふたりが死ななければ、山形屋の一件から小糸と蓑助にたどりつけたかどうかわからねえ。……なるほど、そういうことかい。小糸は心の臓を刃物で一突きされている。着てるもんは乱れておらず、あらがったようすもなかった。だが、侍《さむれえ》の娘だ、町娘とはちがう、それなりの心得がある。それが、てもなく殺されている。蓑助も喉を一突きだ。思いつめればやれなくはねえ。小糸も、ふいをついて刺したのかもしれねえ。たまに、まさかと思うようなことがある。おめえさん、蓑助も心得があるかもしれねえって考《かんげ》えたんだな」

「さようにございまする。子をつくらぬことといい、もしやと愚考いたしました。それと、お調べでしたらお教え願いまする。青柳《あおやぎ》二階座敷で房次が殺されたあとごろに、ひとりで屋根船か猪牙舟にのった芸者はいない」

喜平次がほほえむ。

「念入りにあたらせた。正月七日の暮六ツ半（七時）じぶんに屋根船にのった芸者がいねえか、門前仲町《もんぜんなかちょう》だけでなく、向こう岸の門前山本町《やまもとちょう》もあたらせた。夜は冷える。だから、猪牙舟はねえはずだ。知ってると思うが、辰巳《たつみ》芸者は足袋《たび》をはかねえ。両国《りょうごく》かいわいや、山谷から吉原の芸者は足袋をはく。余所の芸者かどうかは足を見ればわかるんだが、いちいちたしかめる奴はいねえ」

喜平次が溜息をつく。

「……両岸の料理茶屋で客を調べ、すべてあたらせた。油堀のほうへ行った者や猪《い》ノ口《くち》橋をわたったのもいるはずだが、芸者の姿はありふれすぎてる」

「奥川《おくかわ》橋の桟橋で山形屋を待っていたであろう屋根船についてはいかがでしょうか」

「深川の船宿はのこらずあたらせた。だが、屋根船持ちの船頭で、客がじかにたのんだのなら、船宿じゃあわからねえ。江戸じゅうの船宿と屋根船持ちの船頭すべてとなると、いつまでかかるか。あそこにいたのが屋根船持ちなら、正直に言うわけもねえしな。青柳の座敷で房次を殺した者《もん》がどうやって消えたか、だろ」

「さようにござりまする。かりに、小糸が房次を殺《あや》めたとします。ほかに怪しげな屋根船がなかったのでしたら、小糸も奥川橋の屋根船にのったことになりませぬか。船宿千川《せんかわ》の善八《ぜんはち》と申す船頭だったと思いますが、ほかに奥川橋の屋根船を見た者はおらぬのでしょうか」

「暮六ツ半（七時）。通りの店《たな》は戸締りをしている。縄暖簾《なわのれん》なんかは客が腰をおちつけているころだ。見た奴はいねえ。殺《や》ったんが小糸なら、おいらも奥川橋の屋根船にのったと思う。だが、もうひとつ、しっくりこねえ」

「やむをえぬ事情があったとします。剃刀《かみそり》よりも守り刀のほうがしそんじるおそれがすくないと思った。ですが、親の形見です」

「おいらもそこにひっかかってる。守り刀がなくなってるのも、こっちを騙《だま》す策かもしれねえ」

「ありえまする」

「そろそろ暮六ツ（六時）じぶんだ。いつでも使いなり文なりをよこしてくんな」

喜平次が脇の刀をとった。

覚山は、ふたりを戸口で見送った。

ほどなく、暮六ツの鐘が鳴った。覚山は、いつもの恰好《かっこう》で見まわりにでた。もどってきて、夕餉ではなく夜食をとった。夜五ツ（八時）の見まわりも、なにごともなかった。

夜四ツ（十時）の鐘が鳴りおわり、二階の寝所に行った。

よねはこれまでになく乱れた。

覚山は、興奮、猛《たけ》る一物《いちもつ》を奮励激励《ふんれいげきれい》、焦るでない、我慢、たえろ、こらえろ、しのべ、と言いきかせ、願いかなわず、暴発、爆発した。

いまだ未熟である。さらにたえしのべるよう鍛錬せねばならぬ。

脳裡で反省し、瞳がとろんとしているよねのひらいた唇に唇をかさねた。

よねが舌をからめてきた。

とたんに、胯間がよみがえった。

――たわけ。あさはかな。

だが、矜持《きょうじ》と羞恥《しゅうち》とを裏切り、手が、かってに、やわらかな胸乳《むなぢ》にすいよせられる。

ひと晩に二度もと、おのが色情に気がひけたが、よねはこばまなかった。

申しわけなさといとおしさにみたされ、二枚がさねにした掻巻《かいまき》（襟や袖がある掛け蒲団）にくるまり、ほてった裸を抱いて睡魔に身をゆだねた。

三

翌五日の朝、よねも湯屋からもどってまもなく、庭のくぐり戸があけられ長兵衛が声をかけた。

「先生、長兵衛でございます」

よねが立っていって、縁側の障子をあけた。

長兵衛がやってきた。

覚山はほほえんだ。

「あがられよ」

「おそれいります」

長兵衛が、沓脱石から濡れ縁にあがり、敷居をまたいで膝をおった。

よねが、障子をしめて厨へ行った。

覚山は言った。

「今日は曇っていて冷える。もそっとよられよ」

「ありがとうございます」

長兵衛が、長火鉢のちかくに膝行《しっこう》した。

よねのあとに、盆をもったたきがついてきた。よねが、初日に万松亭《ばんしょうてい》にともなって挨拶させている。

長火鉢に茶碗をおいたたきが、盆をもって廊下にでて膝をおり、襖をしめた。

茶を喫した長兵衛が茶碗をもどした。

「先生、親ばかとお笑いください。手前には熱心に稽古にはげんでいるように思えますが、長吉はいかがでございましょうか」

覚山は、いずまいをただした。

長兵衛が、顔をこわばらせ、背筋をのばす。

「剣の修行のことゆえ、正直におこたえいたす。たしかに、まじめにとりくんでおる。筋もよい。うぬぼれてはならぬゆえ当人に告げるはひかえていただきたい。よろしいか」

「はい。それはもう、かしこまってございます」

「当人がこのまま稽古にはげむようであれば、あらためて長兵衛どのに相談せねばならぬが、家伝の水形流《すいぎょう》を教えてもよいと考えている」

長兵衛の顔に安堵《あんど》がひろがる。

覚山はつづけた。

「だが、そうなると、剣の道にすすみたいと申すやもしれぬ。それはこまるであろう」

眼をふせた長兵衛が小首をかしげる。

ながくはなかった。

「うえの娘には男《お》の子がふたり、したの娘は三人とも男の子にございます。できますれば、長吉に店《たな》を継いでもらいたいのですが、あれの好きにさせてやりたい思いもございます。先生におまかせいたします」

「ようすをみて、また相談をいたそう」

「はい。お願いいたします」

長兵衛が、低頭してなおった。

「先生、お殿さまよりお使いをいただき、昨日《さくじつ》、上屋敷へまいりました。なんでも、朔日《ついたち》のご登城のおり、北御番所のお奉行さまが、先生のことをおたずねになられたそうにございます」

北町奉行は小田切土佐守直年《おだぎりとさのかみなおとし》、五十五歳。在任ちゅうにこれといった事績はない。しかし、他界するまで十八年余も職にあった。直年よりも在任期間がながいのは、大岡忠相《おおおかただすけ》をふくむ三人だけである。

さらに、寛政《かんせい》四年（一七九二）、大坂町奉行であった直年よりさきに北町奉行として名があがったのが火附盗賊改《ひつけとうぞくあらため》の長谷川平蔵《はせがわへいぞう》であった。しかし、平蔵は圭角《けいかく》があるのを老中首座の松平定信《さだのぶ》にうとんじられてかなわなかった。

江戸の町奉行は、旗本出世街道の頂点であり、要職である。在任期間のながさは、能力だけでなく、将軍や幕閣からの信任が厚かったこともしめしている。

在府の大名は、朔望《さくぼう》日、つまり一日と十五日、さらに毎月ではないが二十八日に登城する。それを月次御礼《つきなみおんれい》という。そのほかに五節句などの式日《しきじつ》登城がある。

家格によって城中での詰所がきまっている。出雲《いずも》の松江《まつえ》松平家はうえから三番めの大広間だ。

治郷《はるさと》は、北町奉行小田切土佐守の言付けをもってきた茶坊主に弁当や着替えなどにつかう小座敷のひとつに案内された。

さっそくにござるが、と待っていた土佐守が言い、深川の門前仲町に寓居《ぐうきょ》いたす九頭竜覚山なる者につきましてお教え願いたい。

治郷は、なにゆえと理由《わけ》を問うた。

怪訝《けげん》な表情に、土佐守が、いやそうではござらぬ、と言った。

――九頭竜覚山なる者が門前仲町の料理茶屋の厄介《やっかい》になったは、出羽守さまのお口添えだとうかがっておりまする。ただいまは、通りの用心棒をいたしておるとのこと。先月、料理茶屋にて芸者殺しがござりました。掛《かかり》の定町廻りより、なかなかに慧眼の者ゆえ一件にかかわらせておりまするとの報《ほう》がござりましたゆえ、いかなる者かおたずねしたしだいにござりまする。

「……それで、先生のことをお話しいたしますと、お奉行さまも納得なさっておられたそうにございます。お殿さまが、一件に目処《めど》がつきましたら、上屋敷にお話しにまいるよう仰せにございます」

「それは申しわけない。殿は、ときおり、臍《へそ》がまがったがごときまわりくどいなさりようをする」

よねと長兵衛が眼をみひらく。

長兵衛が、喉仏を上下させる。

「めったなことを」

「いや。じかに呼んでとなると、ご下問であり、拙者も腹をくってご返答せねばならぬ。そのためには、定町廻りの柴田どののお許しを、柴田どのはお奉行さまのお許しをえなければならぬ。ゆえに、長兵衛どのをとおし、世間話をしにまいれと仰せになられたのだ。殿らしいが、そうやって拙者をからかっておられる」

長兵衛が、呆《あき》れたようにゆっくりと首をふり、茶を喫して辞去した。

弟子がきてよねが稽古をはじめ、覚山は書見台をだした。昨年は、月に二度は上屋敷へかよっていた。今年は先月に一度行ったきりだ。

柴田喜平次が、小田切土佐守におのれのことについて報告したという。

当然の配慮である。市井《しせい》の浪人に、探索ちゅうの一件について仔細《しさい》を語る。事前か事後に上役の許しをえなければ、独断の誹《そし》りをまねきかねない。それに思いいたらなかったおのれが迂闊《うかつ》なのだ。

町奉行所の諸役は、与力《よりき》のもとに同心《どうしん》が配されている。しかし、隠密、臨時、定町の三廻りは同心のみで町奉行直属である。

したがって、三廻りは同心の花形であった。与力の花形は吟味《ぎんみ》方だ。そして、与力同心とも頂点が年番《ねんばん》方である。

覚山は、雑念をはらい、書見に集注した。

中食のあとも、よねの稽古が終わるまで書見ですごした。

朝のうちは陽射しがあったが、昼になってしだいに江戸の空を雲がおおった。日暮れには、陽がかげり、北風が音をたてた。

仲春になっても、北風は冷たい。

暮六ツ（六時）の鐘が鳴り、覚山は羽織袴の腰に大小と擂粉木《すりこぎ》をさし、ぶら提灯を手に住まいをでた。

路地から入堀通りにでると、松吉が笑顔でよってきた。

「先生《せんせえ》、寒いなか、ごくろうさまでやす」

「そのほうもな。客待ちか」

「へい。そろそろでてくるころだと思いやす。それよか、為助《ためすけ》一家の磯吉《いそきち》が先生《せんせえ》に仕返ししなきゃあ男がたたねえってほざいてるそうでやす」

「あのおりのことか。大勢いたが、磯吉と申すはたしか……」

「へい。先生《せんせえ》が尻《けつ》にばってんをくらわした奴でやす。いまでは〝ばってんの磯〟ってばかにされておりやす。親分の為助も執念深え奴《ぶけ》でやす。用心しておくんなさい。それと、為助一家がこなくなったんで、入船町《いりふねちょう》の権造《ごんぞう》一家の者《もん》と、蛤町《はまぐりちょう》の三五郎《さんごろう》一家の者《もん》が、ここんとこ、うろつくようになったそうでやす。あっしも見かけやした。おっと、お客だ、失礼《しつれえ》しやす」

万松亭の暖簾をわけて、商人と芸者ふたりがでてきた。あとに女将《おかみ》のこう、がつづく。

松吉が石段を桟橋へおりていった。

覚山は、堀留へ足をむけた。

油堀のほうから吹いてくる冷たい北風に、堀ばたの柳がゆれている。

表通りの一ノ鳥居のほうから芸者と三味線箱をかかえた若い衆があらわれた。堀留をすぎ、門前山本町の通りにまがった。

四軒めに蕎麦《そば》屋の八方庵《はっぽうあん》がある。

腰高障子をあけて暖簾をわけ、浪人二名が通りにでてきた。芸者のうしろ姿に眼をやり、ふたりが顔を見あわせてうなずいた。

ふたりの背後にある腰高障子からのあかりと常夜灯のあかりで、そのようすが見てとれた。

裏通りまえの橋へひきかえすより堀留のほうがちかい。覚山は足をはやめた。

浪人のひとりが、若い衆と芸者をおいこしてふりかえった。芸者が、かるく辞儀をしてわきへよる。浪人がそのまえをふさぐ。

若い衆が、まえにでて芸者をかばった。芸者が首をめぐらす。もうひとりの浪人が、袖から両手をだした。

覚山は、堀留をまわった。かかわりあいをさけていそぐ者もいれば、軒したにたちどまる者もいる。

芸者の声が聞こえた。

「……そこのお茶屋さんでお座敷がございます。お願いにございます。とおしてくださいませ」

「ならぬ。飲みなおすゆえ、半刻（一時間）ばかり酌をいたせ」

若い衆が一歩まえにでた。

「お侍さま、むりをおっしゃられ……」

浪人がいきなり右腕をふった。

――バシッ。

頰をはられた若い衆が、よろけ、腋《わき》にかかえていた三味線箱が落ちる。それに足をひっかけ、ころんだ。

覚山は、走った。

左手のぶら提灯が揺れる。

腰の擂粉木に右手をもっていく。

ころんだ若い衆に眼をおとし、あざ笑った浪人が、顔をあげた。眼をみひらく。つられて、背をむけている浪人がふりかえった。

その額に、右手でにぎった擂粉木を横殴りに奔《はし》らせる。

——ゴン。

罅《ひび》まみれの古ぼけた鐘のごときまぬけな音がした。

よこを駆けぬける。

前方の浪人が、背後におおきく跳びすさり、さらに二歩さがって抜刀した。

若い衆を助けるべくよって身をかがめた芸者の背をすぎたところで、擂粉木を頭上にあげ、浪人の喉めがけて打つ。

浪人の白刃が弧を描く。擂粉木の握りにちかい細いところが斜めに両断される。

狙いどおりだ。槍の穂先ではない。断つのではなく、弾くか、顔をふって躱《かわ》すべきなのだ。

白刃の切っ先が夜空を突き刺し、左腕が顔を隠す。

覚山は、ぶら提灯を落とし、とびこんだ。左てのひらで、敵の柄頭をつきあげ、水月《みぞおち》に、中指をくの字にした握り拳をぶちこむ。

「ぐえっ」

覚山は、右横へ跳んだ。

柄から左手を離した浪人が、まえかがみになりながら嘔吐《おうと》した。膝をおって、両手をつく。

蕎麦と酒がまじった饐《す》えたようないやな臭いがひろがった。

覚山は、眉をしかめ、ふり返った。ぶら提灯が燃えだしていた。

若い衆と芸者のところにもどる。

頭をふっていたもうひとりの浪人が、鯉口《こいぐち》に左手をあてた。

睨みつけ、低い声を放つ。

「酔っての醜態であろうが、容赦はせぬ。抜けば、斬る。かの者をつれて早々に立ち去れ」

左手で鯉口を、右手で鍔《つば》したをにぎる。

額を赭く腫《は》らした浪人が、鞘《さや》から左手を離した。おおきくまわっていく。覚山は、眼を離すことなく、躰《からだ》をむけつづけた。

喘《あえ》いでいる仲間の刀をとり、肩をかして立ちあがらせ、油堀のほうへ歩きだした。

若い衆も立ちあがり、手拭で三味線箱の汚れをぬぐっていた。

芸者が、まえで両手をそろえてふかく低頭した。若い衆もならう。

上体をもどした芸者が言った。

「先生、ありがとうございます。お座敷がございますので、あらためてお礼にうかがわせていただきます」

「拙者の役目だ、気にせずともよい」

芸者がほほえみ、かるく首をかしげる辞儀をした。

覚山は、芸者にうなずき、燃えている提灯を踏み消した。

夜五ツ（八時）の見まわりには、樫《かし》の棒を腰にさした。

胡桃《くるみ》の擂粉木はやはりやわらかすぎる。駕籠舁《かごかき》や船頭、地廻りあいてなら、一尺二寸（約三六センチメートル）の擂粉木でじゅうぶんだが、刀をあいてにするにはこころもとない。樫は堅く、八角棒は一尺五寸（約四五センチメートル）ある。

脇差の呼び名は刃渡りによってきめられている。一尺（約三〇センチメートル）余が小脇差、一尺七寸（約五一センチメートル）までが中脇差、一尺九寸（約五七センチメートル）までが大脇差である。二尺（約六〇センチメートル）以上が刀だ。

刀は、武士、郷士、名字帯刀をゆるされた者がさせる。ほかの者は、旅のあいだ護身用の道中差として脇差を腰にすることができた。博徒の道中差も、実寸は刀だが建前としては大脇差である。

　翌六日朝、いつもの刻限に松吉がきた。

茶碗をのせた盆をもってきたが居間にやってきても、松吉は礼を述べただけで軽口はたたかなかった。

　よねにやりこめられ懲《こ》りたのかもしれない。

痩せ細った狸《たぬき》は、らしくない。神妙な松吉もだ。さていつまでつづくことか、と覚山は茶を喫する松吉を見ていた。

　茶碗をおいた松吉が顔をあげる。

「先生《せんせえ》、昨夜《ゆうべ》はまたしても見そこなっちまいやした」

「わしのせいではない」

「わかっておりやす。見てた者《もん》が、先生《せんせえ》はすげえって驚いてやした。刀を抜かずにとびこみ、水月に拳固《げんこ》を一発」

「あの者は酔っておった。だからあのようなことができた。擂粉木を斬った刀捌《かたなさば》きからして、そこそこに遣える。素面《しらふ》なら、わしも抜かざるをえなかったろう。ところで、飲みなおすゆえ半刻（一時間）ばかり酌をしろと芸者に申しておったが、できぬ相談だ、むちゃであろう」

「へい。桟橋で聞いてる者《もん》がおりやした。先生《せんせえ》、ありゃあたかりでやす。つきあえねえんなら銭をよこせってことで」

「なるほどな。やはりそうか」

「それと、あっしらを本気で殴ったんじゃねえってのがようくわかりやした。桟橋にいた者《もん》がびっくりして首をのばすくれえすげえ音だったそうで。猪ノ口橋のちかくで見てたのが、額にまっ赤なたんこぶができてたと申しておりやした。夜五ツ（八時）は擂粉木よりなげえ棒をさしていらしたそうで」

「うむ。樫の木だ。木刀にもするゆえ堅い。擂粉木は胡桃《くるみ》ゆえやわらかかったが、樫の棒は八角だ。角にあたれば額がわれる。みなに、たんこぶではすまぬと申しておくがよい」

「わかりやした。額をわられちゃあかないやせん。ちゃんと言っときやす。蓑助の博奕のことはもうすこし待っておくんなさい。なんかわかりしでえお話にめえりやす。……およねさん、馳走《ごち》になりやした。……先生《せんせえ》、失礼《しつれえ》しやす」

辞儀をした松吉が、障子を開閉して去っていった。

江戸時代の時の鐘は、和時計と香盤時計とを併用することによってほぼ正確に時をきざんでいた。時の鐘のあいだは、必要におうじて線香などをもちいていたように思える。

よねは春夏秋冬の刻限がわかる香盤時計をつかっている。

稽古が終わった昼八ツ半（三時）からしばらくしておとなう者があった。昨夜の芸者と置屋の主だった。

覚山は、よねとともに客間でふたりに対した。

主が、礼を述べて、つまらぬものですがと脇においてあった袱紗《ふくさ》包みをまえにすべらせた。

覚山はこたえた。

「ありがたくちょうだいしよう。しかし、拙者は役目をはたしたまでだ、あまり気をつかわないでもらいたい」

「でございましょうが、難儀《なんぎ》しているところをお助けいただきました。心よりお礼を申します」

主と芸者が、ふたたび畳に両手をついて低頭した。

ふたりはほどなく辞去した。

居間にもどった覚山は、袱紗包みをあけるようよねに言った。

よねが、袱紗包みのむすびめをほどいた。桔梗《ききょう》屋河内《かわち》の菓子折だった。

この時代は、桔梗屋河内のほかに虎屋織江《とらおりえ》と大久保主水《おおくぼもんど》が幕府御用達の菓子屋である。

ほほえんだよねが包みなおして厨へもっていった。

四

翌七日もよく晴れた。

湯屋からもどってきたよねが、茶碗をさげ、盆でふたりぶんの菓子皿と茶をもってきた。

覚山は、一口食べ、その甘さと旨さに一驚《いっきょう》した。とっておいて松吉にも食べさせてやるがよいと言うと、よねが笑みをこぼしてうなずいた。

それで、四日の朝に松吉から聞いて気になっていることがあるのを想いだした。食べながら考えたが、やはり靄がかかったままだった。

そうなると、気になる。書見のあいだも、ときおり脳裡をさぐった。

まぶしいほどの陽射しで初夏かと思うほど暖かかったので、縁側の障子はあけてあった。

昼の書見のおりも、眼をやすめるために青空をながめ、いったいなににひっかかっておるのだ、といくたびもみずからに問うた。

夜、二階寝所でのめくるめくひとときのあと、裸のよねを抱きよせ、心のなかで胯間の一物に、よいか、つつしめよ、騒ぐでないぞ、と言いきかせ、眼をとじた。

つきたての餅《もち》のごとき胸乳の感触がここちよい。女体《にょたい》を知っていまだひと月余にすぎぬ。だからといって、たびたび二度ももとめたら色魔と思われかねぬ。

――沽券《こけん》にかかわるゆえ、自重《じちょう》せねばならぬ。よいな。

脳裡で不満そうな胯間を説諭した。

ふいに、靄の隙間《すきま》を見つけた。

眼をあけて天井を見つめ、脳裡を掘りかえした。

左肩に頬をのせているよねの寝息を聞きながら、なおも考え、いつしか、眠りにおちた。

むかいあって朝餉の食膳をまえにして、箸をつかいながら、覚山は訊いた。

「松吉が話しておった十年まえに屋根船が燃えた件だが、油問屋の播磨屋はまだあるのか」

「あい。おおきな油問屋です」

「油堀の油問屋。なにかいわれがありそうだな」

よねがうなずく。

「なんでも、昔は、下《しも》之橋をはいった佐賀町《さがちょう》に油会所があって、油荷の船がおおく出入りしていたからだそうです」

「なるほどな。屋号からして播磨《はりま》の国の出であろうな」

「そこまではぞんじませんが、そうだと思います。先生、またお殿さまがお見えになったら、いただいた仕立券でつくった着物をお見せしなければなりません。先生のつごうのよい日に稽古をお休みにしますので、日本橋駿河町《するがちょう》の越後《えちご》屋までごいっしょしていただけますか」

「いつでもよい。そうだな、松吉に船をたのめば、よろこぶぞ」

「あい。そうします。屋号のことですが、越後屋のお国は伊勢《いせ》の松坂《まつさか》だそうです。越後屋としたのは、ご先祖さまが越後守を名のっていたからだとうかがいました」

伊勢の松坂は紀州《きしゅう》徳川家の飛び領地である。

「ほう。およねはいろいろとよくぞんじておる」

「お座敷で耳にしているだけです」

「村で暮らしていたころ、わしがなにか言っても、たいがいは右の耳から左の耳へと聞きながされるだけであった。座敷で耳にしたことをそうやって憶えている。たいしたものだ」

よねが頬から耳朶《みみたぶ》まで赭くした。

「からかわないでください」

「学問のことで世辞は言わぬ。それより、湯屋からおよねがもどってきたら油堀の播磨屋を見てきたい。あとで場所を教えてくれ」

「あい」

よねが、頬に含羞《がんしゅう》をとどめ、箸をとった。

朝五ツ半（九時）じぶんに、覚山は羽織袴にきがえて住まいをでた。

猪ノ口橋を背にして、油堀ぞいをすすみ、黒江《くろえ》橋をわたる。

油堀に架かる富岡《とみおか》橋からさきの両岸は白壁の河岸蔵がならんでいる。富岡橋からつぎの枝川に架かる緑《みどり》橋までは一色町《いっしきちょう》だ。緑橋のさきは松賀町《まつがちょう》、佐賀町とつづき、下之橋がある。

一色町と松賀町にも一軒ずつ油問屋があった。

佐賀町の播磨屋は、なるほど大店であった。

播磨屋のまえをとおりすぎ、下之橋をわたって油堀北岸をひきかえす。

千鳥《ちどり》橋で南岸にもどり、緑橋をこえて、伊沢町《いざわちょう》の山形屋のまえをとおった。播磨屋のほうが大店である。

掘割ぞいをおれて坂田《さかた》橋をわたり、南岸をもどる。蛤町三丁目代地のかどをまがる。北川町《きたがわちょう》のかどで福島《ふくしま》橋をこえ、正源寺参道の笹竹に行った。

女将のきよに柴田喜平次への言付けをたのみ、住まいにもどった。

影がみじかくなって昼九ツ（正午）になろうとするころ、弥助手先の三吉がおとないをいれた。覚山は戸口へ行った。夕七ツ半（五時）じぶんに笹竹でとのことであった。

いつも使いをすまぬなと言って、小粒《こつぶ》（豆板銀）をわたした。よねの気づかいである。

三吉が、破顔してうけとり、しめた格子戸のむこうでさらに辞儀をして駆け去っていった。

夕七ツ（四時）の鐘のあとでころあいをみはからってきがえた覚山は、そのまま見まわりをすることも考えて両刀と樫の棒をさして住まいをあとにした。

笹竹の暖簾をわけて腰高障子をあけると、きよが笑顔でむかえた。

喜平次たちも、もどったばかりだという。

きよが声をかけて障子をあけた。奥に喜平次が、厨との壁を背にして弥助がいた。

覚山は、喜平次に会釈して、腰の刀をはずして座敷にあがった。

「先生《せんせえ》、そちらへ」

弥助が、先日とおなじく左壁のなかほどをしめした。

そこに膝をおり、左脇に刀をおいた。

きよと女中が食膳をはこんできた。座敷にあがったきよが、奥の喜平次から食膳をおき、三人に酌をしてから座敷をでて障子をしめた。

喜平次が言った。

「まずはそっちの話から聞こうか」

「申しあげまする。松吉より蓑助が所帯をもつにいたった十年まえの経緯《いきさつ》を聞き、なにかひっかかっておりました。昨日《さくじつ》、ようやくそれに思いいたり、今朝、あのおりの油問屋の播磨屋と、こたびの山形屋を見にまいりました。播磨屋にくらべますと、山形屋はいささか見劣りのする店構《たながま》えでした。なにゆえくらべたかと申しますと、柴田どのよりお聞きした山形屋五郎兵衛が後添えの件を想いだしたからにござりまする。たしかこのように仰せにござりました、問屋仲間の紹介で日本橋の太物《ふともの》問屋の娘との話がまとまりつつあった、と。その日本橋の太物問屋についてはわかっておられるのでしょうか」

喜平次が首をふった。

「いや、調べてねえ。房次と五郎兵衛とが親娘《おやこ》じゃねえかってことが気になってな。こいつは言いわけだ。すぐにあたらせる。日本橋の大店の娘だとする。それが、深川の永代《えいたい》橋めえの佐賀町や、永代寺門前大通りの大店ならともかく、掘割ぞいのてえしてでかくもねえ店に、しかも後添えとして娘をやった。子だくさんか、持参金を積んでもというおかちめんこでねえんなら、不釣合《ふつりえ》えってことか」

覚山は首肯した。

「醜女《しこめ》であったとは思えませぬ。房次の母の富助《とみすけ》ことと、みはそこそこに縹緻《きりよう》よしであったろうとうかがいました。そうであるならば、こたびの件のどこかでその話がでたように思いまする」

「そうだな。親にはさからえねえ。だが、富助を袖にして持参金つきの醜女《ぶす》を嫁にしたんなら、話を聞いた隠居のご老体が憶えているはずだ。置屋や料理茶屋の者《もん》もな。とくに、青柳の女将は房次と山形屋の仲をうたがってた。なら、おめえさんが言うように昔話がでてもおかしくはねえ。ほかには」

「大店ではなく、商いが繁盛しておらずとも、昔からの暖簾ということがあろうかと思いまする」

「山形屋がいつからあるかってことか。わかった。そいつも調べよう。まだなにかあるかい」

「いいえ」

「なら、おいらのほうでもつかみかけてることがある。もうすこしはっきりさせてからと思っていたんだが、蓑助を船宿に紹介し、雇うようたのんだんは、小糸の父親だった」

覚山は、眉をつりあげた。

「なんと……」

「ああ、おいらも驚いた。わかってることをかいつまんで話す」

人別帳《にんべつ》によれば、蓑助の生国は常陸《ひたち》の国行方郡《なめかたごおり》潮来村《いたこむら》である。店請人《たなうけにん》（連帯保証人）が、浅草新鳥越町一丁目《しんとりこえちょう》の船宿澄川の主安兵衛《やすべえ》。

小糸と蓑助の死骸が見つかったのが、澄川の桟橋に舫われた蓑助の屋根船の座敷である。蓑助は、もとは澄川の船頭であった。

「……おめえさん、常陸の潮来って知ってるかい」

「いいえ、ぞんじませぬ」

「おいらも知らなかった。霞ヶ浦《かすみがうら》ってでっけえ湖の南のほうにあるそうだ。ちかくに鹿島神宮《かしまじんぐう》があるんで船にのる参拝客が多い。また、利根川《とねがわ》もある。奥州《おうしゅう》からの船荷が、河口の銚子や潮来で川船に積みかえられ、利根川上流から江戸川にへえって江戸へはこばれる。つまり、客船《きゃくぶね》や荷舟のあつかいに慣れた船頭が大勢いるってことだ」

小糸の父親の名は稲垣彦次郎《いながきひこじろう》。澄川の倅の安吉《やすきち》が稲垣の手習所へかよっていた。十六年まえ、稲垣が蓑助をともなって澄川をおとずれ、ぞんじよりの者ゆえ雇ってもらえまいかとたのんだ。潮来で客船と荷舟とにのっていたと聞いた安兵衛は、よろこんで雇った。

船のあつかいはなれているが、江戸ははじめてである。安兵衛は船頭の勘助に江戸でのしきたりや川筋を教えさせた。

「……というしでえなんだ。稲垣と蓑助とは潮来でかかわりがあった」

「そう思いまする」

「稲垣は、江戸にくるめえに潮来で手習所をやっていたのかもしれねえ。いま、蓑助の読み書きがどうだったのか。稲垣は、いつ江戸へきたのか。今戸町《いまどまち》のめえにほかで手習所をやっていたのか。そういったところを、持ち場の定町廻りにさぐってもらってる。おいらは、ほかにもいくつかかかえてることがあるんで手先をさけねえ」

「蓑助は、稲垣の口利きによって澄川で雇ってもらった。小糸はその稲垣の娘。世話になった者の娘に手をだすわけがないゆえ、女房のかねも悋気をおこさなかった」

「ふつうに考《かんが》えればそうなる。ところが、ちっとばかしちがう。かねは蓑助の生国が潮来だとは知っていた。だが、それだけだ。所帯《しょてえ》をもてば、あいての親兄弟なんかのことが気になる。それを口にすると、昔のことは話したくねえって蓑助はいやな顔をして不機嫌になったそうだ。澄川に雇われた経緯《いきさつ》については、勘助から聞いてる。いつもはやさしいが、潮来をもちだすととんがるので、かねはなにも訊かなくなったってことだ」

覚山は、箸をとり、小鉢にある浅蜊《あさり》と鶯菜《うぐいすな》（小松菜《こまつな》）と油揚げとのおひたしを食べ、諸白《もろはく》をはんぶんほど注いで飲んだ。

寒いあいだは燗《かん》をする。諸白はすっかり冷めていた。

「松吉が、蓑助の博奕についてもうすこし待ってほしいと申しておりました」

「そいつはすまねえ。山谷のことでなにかわかったら報せる。おめえさんも見まわりがある、これまでにしようか」

覚山は、かるく低頭してかたわらの刀をとった。

翌朝、よねが稽古をしているあいだに、覚山は入堀と十五間川とのかどにある船宿有川に行って、船頭を松吉でと名指しして翌日の屋根船をたのんだ。

松吉はでかけていた。

九日、湯屋からもどってしたくをし、有川へ行った。

松吉が満面の笑みでむかえた。

さきに桟橋におりた覚山は、舳からのり、右手をだした。頰をほんのりと染めたよねが瞼《まぶた》をふせ、右手をさしだした。松吉が、口をあんぐりとあけて見ていた。

座敷にはいり、暖かいので障子はあけたままにした。艫の障子も左右にあけられている。舳の舫い綱をほどいた松吉が、艫の舫い綱もはずしてのり、棹を手にした。

十五間川の名は川幅にちなむ。油堀も川幅は十五間（約二七メートル）である。

桟橋を離れて入堀を背にしたところで、松吉が棹から艪にかえた。大川までおおよそ八町（約八七二メートル）。

大川をくだって永代橋をくぐり、霊岸島新堀《れいがんじま》にはいる。南岸が霊岸島、北岸が通称で箱崎《はこざき》と呼ばれている永久島《えいきゆうじま》だ。

霊岸島をすぎれば川の名は日本橋川になり、南岸が八丁堀島《はつちようぼりじま》である。

江戸橋のてまえで北におれて伊勢町堀《いせちよう》にすすむ。

伊勢町堀は三町半（約三八二メートル）ほどで西へ直角におれ、二町半（約二七三メートル）ほどで堀留になっている。

堀留の桟橋に屋根船がしずかにつけられた。

艪をにぎっているあいだまったく軽口をたたかなかった松吉が、明日《あした》の朝までなら待ってやすが、腹が減るので昼までは待ちやせんのでよろしく、と言ってよねを噴きださせた。

半町（約五四・五メートル）余さきが日本橋からの大通りで、正面が越後屋だ。

柄《がら》をえらんで採寸するだけだ。すぐにすむ、と覚山はかるく考えていた。

ところが、決まらない。手代がつぎつぎにもってこさせる。そのたびに、よねが悩む。どっちでもよいではないかと内心で思ったが、そんなことを口にしたら千尋《せんじん》の谷に突き落とされるよりも怖いめにあいそうなので、曖《おくび》にもださず、よねに相槌《あいづち》をうちつづけた。

昼九ツ（正午）の鐘が鳴り、さらに半刻（一時間）ばかりがすぎ、よねがようやくふたりの柄をきめた。

覚山は、しんそこ安堵し、嘘偽りのない笑顔でよねにうなずいた。

さらに採寸があり、越後屋をでたのは昼八ツ（二時）の鐘が鳴ってからであった。

武士は食わねど高楊枝。松吉は冗談を口にしたのではなく、太平楽《たいへいらく》なようすを見て、夕刻くらいまでかかるであろうことを教えようとしたのかもしれなかった。

有川にもどり、船賃をはらって猪ノ口橋をわたった。途中の仕出屋で、よねがすぐにできる弁当を三人ぶんたのんだ。

住まいにもどって茶を飲みながら待つほどもなく、仕出し弁当がとどいた。空腹をこらえていたたきは大喜びであったという。

中食がおそかったので、夕餉はかるめの茶漬けですませた。

翌朝、松吉がきた。昨日《さくじつ》、ひまをみて顔をだすように言ってあった。

よねが、茶ととっておいた桔梗屋河内の菓子をのせた小皿を長火鉢にならべた。陽射しがあふれているので、縁側の障子をあけ、炭は燃やしていない。

食べて笑顔をはじけさせ、茶で喉をうるおす。そんな松吉を、覚山はおだやかな眼でみつめていた。

松吉が、菓子を食べおえて茶を飲んだ。

「およねさん、いつも旨《うめ》えものを食べさせていただき、お礼を申しやす。……先生《せんせえ》、蓑助が賭場へ行ってたのはたしかでやす。ですが、どうも、仲間にさそわれてのつきええだったようで。銭がねえと貸してもらったりしてたようでやすが、しばらくたってからでもかならず返《けえ》したそうでやす。話を聞くかぎり、博奕好きとは思えやせん。

山谷の船頭からなんか耳にしたら教えてくれるようたのんでありやす」

「そうか。よく報せてくれた」

「へい。今朝は四ツ半（十一時）にお客を迎《むけ》えにいかねえとなりやせん。これで失礼《しつれえ》させていただきやす。……およねさん、馳走《ごち》になりやした」

辞儀をした松吉が、縁側から沓脱石で草履《ぞうり》をはき、地面におりてふりかえった。笑顔で低頭し、くぐり戸のほうへ去った。

くぐり戸が開閉した。

よねが、顔をもどした。

「先生によろこんでもらえるような話があつめられなかったんで気にしてるんですよ」

「そのようだな。柴田どのへの文をしたためる」

「あい」

よねが、盆に茶碗と小皿をのせて厨へ行った。

覚山は、文机《ふづくえ》にむかって、松吉の話をしるした。封をしてたきを呼び、笹竹へとどけさせた。

翌十一日の昼まえに三吉がきて、夕七ツ半（五時）じぶんに喜平次と弥助がきた。

覚山は、出迎え、客間に案内した。

よねとたきが食膳をはこんできた。よねが銚子をとって喜平次に酌をし、たきは弥助の食膳をとりにもどった。

たきが去り、弥助にも酌をしたよねが、廊下にでて辞儀をし、襖をしめた。

喜平次が言った。

「文をありがとよ。借金がねえんなら、とりたてがこねえのも得心がいく。まずは山形屋と縁組した日本橋の太物問屋からだ。大伝馬町《おおでんまちょう》には太物問屋が多い。二丁目に、羽州《うしゅう》屋って大店がある」

覚山は眉根をよせた。

喜平次がうなずく。

「羽州、出羽《でわ》の国山形は、六万石秋元《あきもと》家のご城下だ。こいつがちっとばかし妙でな。羽州屋には、嫡男ひとりしか子がなかった。山形屋に嫁《とつ》いだは親類の娘らしい。それを羽州屋の娘として嫁《よめ》にやっている。武家ならめずらしくねえが、商人じゃあんまし聞かねえ。暖簾《のれん》も古い。元禄《げんろく》（一六八八〜一七〇四）のころからあるそうだ」

「そんな日本橋の大店が、わざわざ養女をもらってまで深川のさほどおおきくもない店と縁組をした」

「そういうことよ。妙だろう」

「ええ、解せませぬ」

「おいらもよ」

「出羽の国にちなむのもたまたまとは思えませぬ」

「ああ。山形屋も調べた。元文《げんぶん》二年（一七三七）だそうだから、こっちもけっこう古い。で、もうひとつおかしなことがある。山形屋も羽州屋も先代のころだが、いまも言ったように羽州屋は親類の娘を養女にして山形屋に嫁がせた。そして、山形屋の倅《せがれ》、当代の五郎兵衛とのあいだに娘がひとりできた」

喜平次が眼で問う。

「青柳の主理左衛門《りざえもん》より聞きました。ひとり娘に婿をもらって孫もいると」

「その婿ってのが、羽州屋当代のじつの倅よ。三男だ」

覚山は、眉根をよせた。

喜平次が顎《あご》をひく。

「こういうことだ」

羽州屋は、親類の娘みのを養女にして山形屋五郎兵衛の後添えにした。ふたりのあいだにできたひとり娘の名がかよ。そして、かよの婿になったのが、羽州屋当代の三男で、名が秀三郎《しゅうざぶろう》。

「……つまり、かよと秀三郎とは、たてまえだが従兄妹《いとこ》ってことになる。ところがだ、羽州屋は秀三郎を余所へ養子にやり、そこから山形屋に婿入りさせている。従兄妹の縁組が法度《はっと》ってわけじゃねえ」

覚山は、胸腔いっぱいに息をすい、ゆっくりとはきだした。

「なにやら事情があるように思えまする」

「そこよ。ここまでつかんだところで、山形屋も羽州屋もじかにあたるのはやめた。うかつにつっつけねえ。わかるだろう」

「ええ。筒抜けになってしまいまする」

「そういうこった。おめえさんに礼を言わなくちゃいけねえ。おかげですこし見えてきたような気がする」

「拙者は思いつきをお話ししたにすぎませぬ」

「まっ、礼くれえ言わせてくんな。それと、蓑助ってのはえらく無口だったらしい。女房のかねにさがさせたそうだが、書いたもんはのこってなかった。かねも書いてるのを見たことがねえって言ってるそうだ。だが、娘たちの手習いの紙を褒《ほ》めていたってよ。向島の料理茶屋もあたったら、そういえばものわかりがよかったように思うと話してる」

「娘たちの手習いを褒める。やさしかったであろうことがわかりまする。料理茶屋の申しようもあわせて考えますと、頭がよく、もともとではなくあえて無口をとおしていたように思えまする」

「かもしれねえ。そのいっぽうで、誘ったのか誘われたのか知らねえが、女好きでもあった。なんかわかったら、また報せる」

覚山は、ふたりを戸口まで送った。

表は日暮れのけはいが濃くなりつつあった。

第五章　なみだ雨

一

深川《ふかがわ》の永代寺門前仲町《えいたいじもんぜんなかちょう》から赤坂《あかさか》御門内のすぐよこにある松江《まつえ》松平家上屋敷へ行くには、御堀（外堀）の山下《やました》御門から外桜田《そとさくらだ》、霞《かすみ》ヶ関《せき》の坂道をのぼったほうが近道である。

江戸にでてきたばかりのころ、そう教えられた。しかし、御堀のうちであり、ほとんど上屋敷ばかりで、しかもそこかしこに辻番所《つじばんしょ》がある。江戸では、医者ばかりでなく学者も剃髪《ていはつ》がおもだが、覚山は総髪である。

はじめて上屋敷へむかったおり、総髪の羽織袴《はかま》姿をあやしまれ、いくたびも辻番所で誰何《すいか》された。それに懲《こ》り、御堀ぞいを行って赤坂御門をはいっている。

十四日、湯屋《ゆうや》からもどったあと、覚山は、よねが用意した握り飯をいれた竹製の弁当行李《こうり》と吸筒《すいづつ》（竹製の水筒）の袱紗《ふくさ》包みと、読んだ書物の袱紗包みをもって上屋敷へ行った。

覚山は、雲州《うんしゅう》松江松平家の家臣ではない。もとめられて兵学を講じ、江戸への供をおおせつかった。

殿に拝謁して、ご機嫌伺いと長兵衛よりうけたまわったむねを言上《ごんじょう》したのち、文庫であらたに書物を借りて帰路につき、永代橋で夕七ツ（四時）の鐘を聞いた。

でかけたあとに松吉がきたとのことであった。留守だと知ると、翌朝またくると言ってすぐに帰った。

十五日は小雨の朝だったが、松吉は番傘《ばんがさ》をさしてやってきた。

雨のせいで冬にもどったかのような寒さであった。松吉は、茶碗を両手でつつむようにして茶を喫した。

山谷《さんや》の船頭たちによれば、蓑助《みのすけ》はすすんで仲間に遊びの声をかけることはなかった。博奕《ばくち》もさそわれればつきあうていどであった。仲間のつきあいで吉原《よしわら》へ行くこともあった。

遊女を抱けば白粉《おしろい》の匂いがうつる。仲間のつきあいで吉原へ行っただけだと言っても、女房のかねが信じないとぼやいていたという。

あんましお役にたてなくて申しわけありやせんとあやまる松吉に、覚山は、いやじゅうぶんに役にたっている、定町廻りの柴田《しばた》どのもよろこんでおられた、と言うと、松吉の表情がようやくあかるくなった。

翌々日の十七日、昼まえに三吉《さんきち》がきた。柴田喜平次が、夕七ツすぎには笹竹《ささたけ》にもどるつもりなのできてもらいたいとのことであった。

覚山は承知した。

七ツの鐘は、三回の捨て鐘につづいて七度《たびつ》撞かれる。回をかさねるごとに撞く間隔が短くなっていく。

鐘の響きがやんだところで、覚山はきがえ、腰に両刀と樫《かし》の棒をさして住まいをでた。

大工など出職の者は、おおむね夕七ツに仕事をおえる。かたづけをして帰り、湯屋へ行ってから夕餉《ゆうげ》をとる。独り者は食べにいく。

夕七ツをすぎると、通りは道具箱をかついだ大工や、左官、屋根職、鳶職などの半《はん》纏《てん》姿が足早にゆきかう。ほかにも、遊びから帰る子らや、夕餉の買物にでた裏長屋の女房の姿もある。

福島橋《ふくしま》をわたった覚山は、富吉町《とみよしちょう》のかどから正源寺《しょうげんじ》参道にはいった。

参道の左が富吉町で、右が熊井町《くまいちょう》だ。笹竹は熊井町にある。

暖簾《のれん》をわけて腰高障子をあける。

女将《おかみ》のきよが、笑顔をうかべ、かるく辞儀をした。

覚山は、うしろ手に腰高障子をしめ、奥へすすんだ。

きよが障子をあけた。

正面に喜平次が、厨《くりや》を背にして弥助《やすけ》がいた。

覚山は、腰の刀をはずして座敷にあがり、まえとおなじところで膝《ひざ》をおった。

きよと女中が食膳をはこんできた。きよが座敷にあがって食膳をおき、喜平次から順に酌をして土間へおりて障子をしめた。

喜平次が笑みをうかべた。

「元禄《げんろく》（一六八八～一七〇四）となると、百年も昔だ。どうかなと思ったが、ご開府のころからのことを調べたり、書かれたものをまとめたりしている好事家《こうずか》が何名《なんめえ》かいた。隠居の御家人や、隠居をふくむ町名主なんかだ。昨日《きのう》まで、臨時廻りに見まわりをお願《ねげ》えして話を聞いてまわった。何年何月といったこめけえことまではわからなかったが、あるていどはつかめたように思う。おめえさん、山形《やまがた》の最上《もがみ》家って知ってるかい」

覚山は首肯した。

「名門にござりまする。清和源氏足利氏支流で羽州探題となった斯波氏の者が祖であります。関ヶ原では東軍にくみし、出羽合戦において上杉の重臣直江兼続率いる二万余に一万弱でよく戦い、その功により、たしか五十七万石を領するにいたりましたが、三代めが元和（一六一五〜二四）のころに改易となったやに憶えておりまする」

「さすがだな。おいらもな、なんか聞きおぼえがあった。はじめは、〝五月雨をあつめて早し最上川〟かと思った。芭蕉庵があったんは、万年橋よこの紀州さまお屋敷うちだ。だが、どうもちがう。おいらのめえに本所深川を持ち場にしてた臨時廻りどのに訊いてみた。本所石原町の御厩河岸ノ渡そばに、交代寄合五千石最上さまのお屋敷がある」

交代寄合とは、知行地と江戸とを参勤交代する旗本である。

お家騒動で改易となった最上義俊は、近江の国大森で一万石をあたえられる。しかし、二十六歳で死去。二歳の跡継義智が五千石を賜って旗本となる。

「……というしでえで、おいらも聞きおぼえがあったってわけよ。その最上家だが、五十七万石もの大名家が改易になれば大勢が浪々の身となる。なかには、刀を捨てて所領で百姓になる者《もん》もいる。そうやって大庄屋《おおじょうや》になった家が、山形城下でも商いをはじめ、その倅《せがれ》のひとりが元禄のはじめごろに江戸にきて大伝馬町《おおでんまちょう》で太物《ふともの》問屋をひらいた。それが羽州屋だ」

商売がうまくいき、問屋仲間で世話する者があり、嫁をむかえた。しばらくして、余所《よそ》にも女ができた。その女が、すぐに孕《はら》んだ。

身重《みおも》になった女を抱くわけにはいかない。

すると、内儀も子を宿した。

秋に妾の子が生まれた。男児だった。翌春、内儀も子をなした。これも男児だった。翌々年《とし》、内儀はふたりめの男児を産んだ。

妾もふたりめを宿したが、逆子《さかご》で母子ともたすからなかった。羽州屋は長男をひきとった。

内儀は納得したはずだったが、羽州屋の眼のとどかないところで長男につらくあたっていた。

六歳の春、羽州屋は親しい太物問屋にたのんで長男を奉公にだした。

「……で、次男を跡継にきめ、妾腹の長男には深川伊沢町《いざわちょう》で店《たな》をもたせた。それが山形屋だ。羽州屋は大伝馬町一丁目にある。内儀の実家《さと》がかなりの大店だったらしい。

その内儀に、兄弟力をあわせるためとねだられ、三男に二丁目で店をもたせた。その屋号が、〝長谷堂《はせどう》〟という。屋号に〝堂〟とつかうのがまったくねえわけじゃ……ん、どうした」

覚山は眉間に皺《しわ》をよせていた。

「長谷堂城にちなむと思われまする。足利幕府のころ、最上は長谷堂城で伊達《だて》と戦い、敗れておりまする。のちに、長谷堂城を奪いかえし、戦国大名の地歩をかためております る。さらに、奥羽合戦における長谷堂城の戦いは東の関ヶ原とも言われておりまする。本家の屋号が出羽の国、長男なれど庶子の屋号が山形、三男の屋号は家名の隆盛を願ってではあるまいかと愚考いたしまする」

「なるほどなあ。たしかにそうにちげえねえ。おめえさんのこった、さっしがついただろうが、羽州屋の養女として山形屋五郎兵衛の後添えになったんが先代長谷堂の娘みのだ。分家の娘を本家の養女にして、疎遠だった親類との縁組。ありうる話だ。だが、なんかこう、もうひとつしっくりこねえ」

「拙者もでござりまする」

「今日はこれくれえにしとこうか。なんかわかったら三吉を走らせる」

「ご無礼つかまつりまする」

覚山は、かるく一揖《いちゆう》して、かたわらの刀をとった。

日暮れの参道は誰もがいそぎ足であった。表通りにでる。相模《さがみ》の空を去りつつある夕陽を背にあびて家路についた。

笹竹から住まいまで七町（約七六三メートル）ほどだ。

たきは帰りの刻限があるので、いつものごとく夕七ツ半（五時）じぶんに夕餉を食べる。

覚山は、あわただしいので見まわりを終えてからとることにした。さきに食べててよいと言ってもよねは承知しない。食器はたきのぶんをふくめて桶《おけ》につけておき、明日の朝、たきが洗う。

暮六ツ（六時）の鐘が鳴った。

堀留のあたりに、地廻りとおぼしき者がふたりいた。見つめながら歩いていくと、表通りを富岡八幡宮《とみがおかはちまんぐう》のほうへ駆け去っていった。

夜五ツ（八時）の見まわりも、なにごともなくすんだ。

翌十八日。

覚山は、夜五ツの鐘で見まわりにでた。

十八夜の月を居《い》待ち月という。十七夜の月は立ち待ち月だ。十七夜の月は六ツ半

（七時）ごろに輝きだすので立って待てる。十八夜の月がでるのは夜五ツごろなのですわって待つ。十九夜の月は臥《ふ》し待ち月とも寝待ち月ともいう。二十夜が下弦の更《ふ》け待ち月で、あらわれるのが町木戸がしまる夜四ツ（十時）ごろだ。

門前仲町の入堀通りから堀留をまわって門前山本町《やまもとちょう》の入堀通りにはいる。

客を見送りにでてきた女将や芸者たちが会釈をする。船頭や駕籠舁《かごかき》たちもだ。

覚山は、かるく顎《あご》をひいてこたえた。

猪《い》ノ口《くち》橋をのぼり、おりていく。

たもとまでおりたところで立ちどまる。

羽織を脱いでまるめ、欄干《らんかん》によってしたにおく。ぶら提灯《ちょうちん》の柄《え》をさして背をのばし、もとにもどりながら右斜めまえの路地を睨《にら》みつけた。

浪人二名が抜刀しながらとびだしてきた。

二尺三寸（約六九センチメートル）の摂津《せっつ》と、脇差は一尺七寸（約五一センチメートル）の加賀《かが》を腰にしている。

敵二名の体軀《たいく》から剣気がはとばしっている。

覚山は、右手を樫《かし》の棒から柄《つか》へ移し、摂津を鞘走《さやばし》らせた。左手で柄頭をにぎり、青眼に構える。

左手で腰の鞘をおさえて右手を右肩のうえにのばして切っ先で蒼穹《そうきゆう》を突き刺した敵二名が迫る。

覚山は、肩幅の自然体《じねんたい》から右足を足裏ぶんだけ引いた。

右の敵が、左の敵が、白刃を大上段に振りかぶる。

間合を割った。

眦《まなじり》を決した右の敵が口をあけ、裂帛《れつぱく》の気合を放つ。

「オリャーッ」

白刃が夜空を裂いて薪《まき》割りに奔《はし》る。

摂津を左に返し、襲いくる白刃を弾く。左の敵もまっ向上段から撃ちかかってきた。

右足を半歩まえへ。左足を引いて爪先立ち、左肩も引く。高八相《たかはつそう》にある摂津が唸《うな》る。落下をこらえ、撥《は》ねあげんとした白刃の棟に斬撃。

刀の棟は刃にくらべると柔らかい。刃の衝撃を吸収するためだ。その境が焼きでつける波紋である。つまり、棟は脆《もろ》い。

白刃の切っ先から一尺（約三〇センチメートル）ほどが折れとぶ。

右から殺気。

左爪先で地面を蹴り、まえへ跳ぶ。宙で上体を捻《ひね》る。袈裟懸《けさが》けをかわされた敵が、白刃を返し、薙《な》ぎにきた。

右足、左足と地面をとらえる。さらに後方へ跳ぶ。

白刃の切っ先が、袴をかすめる。

両足が地面をとらえる。敵がふたたび白刃を返して踏みこんできた。摂津が逆袈裟に奔る。

敵の右腕つけ根を両断。肋《あばら》を裂き、左肘《ひじ》を両断。

白刃が落ち、敵が右肩からくずおれる。その陰からのこった敵が脇差で突きにきた。摂津を燕返《つばめがえ》し。脇差を弾きあげ、弧を描いた摂津が、右胸から左胸へ一文字に肋を断ち、心の臓を裂く。

敵の眼から光が消える。

覚山は後方へ跳んだ。

敵が両膝をつき、つっぷす。

摂津に血振りをくれ、肩でおおきく息をする。懐紙《かいし》をだして刀身をていねいにぬぐう。懐紙はおって懐《ふところ》にいれ、摂津を鞘にもどした。

野次馬があつまってきている。

覚山は、欄干のそばからぶら提灯と羽織をとった。

門前仲町の自身番は表通りにある。橋の坂をくだり、入堀通りをむくと、野次馬が左右に割れた。

堀ばたの駕籠舁が感嘆の声をだした。

「すげえや」

万松亭《ばんしょうてい》のまえに長兵衛がいた。

「先生、自身番へ報せに走らせました。およねにも女中を行かせました。手前が、自身番までごいっしょいたします」

「かたじけない」

「提灯をおあずかりいたします」

覚山は、うなずいてぶら提灯をわたして羽織に腕をとおした。

長兵衛が一歩さきになった。まえからきた万松亭の若い衆が、立ちどまり、長兵衛に低頭した。

自身番屋は腰高の竹垣か板垣でかこわれ、なかは玉砂利がしきつめられている。町《ちょう》役人《やくにん》が、長兵衛に書役《かきやく》を八丁堀《はっちょうぼり》へ走らせたむねを告げた。そして、どうぞかけてお待ちください、先生も、と言った。

覚山は、刀をはずし、長兵衛とならんで縁側に腰をおろした。

顔をむけた長兵衛が、ごぞんじかもしれませんがとことわって語った。

月番が南御番所なので、まずは八丁堀の定町廻りのお屋敷へ行く。おられなければ、数寄屋《すきや》橋御門内の南御番所へ報せる。宿直《とのい》の臨時廻りが、たいがいは何名かお連れになっておいでになる。

本所深川を持ち場にしている南の定町廻りは浅井駿介《あさいしゆんすけ》、三十三歳。一昨年の春に吟味方より定町廻り見習となり、昨年の春に定町廻りとなった。

定町廻りは、半年から一年ほど前任者より教わってから役目に就く。たいがいは、吟味方から推輓《すいばん》される。

前任者は臨時廻りとなった。

定町廻りから臨時廻りをへて年番《ねんばん》方へいたるのが、町奉行所同心の出世街道である。

浅井駿介の御用聞きは、仙次《せんじ》、三十歳。霊岸島《れいがんじま》新堀の豊海《とよみ》橋をわたった南新堀《みなみしんぼり》町《ちょう》二丁目で両親《ふたおや》が居酒屋〝川風《かわかぜ》〟をやっている。女房はいない。

やがて、町木戸から弓張《ゆみはり》提灯があらわれた。

羽織に長着を尻紮《しりから》げ、股引《ももひき》という恰好《かっこう》の御用聞きと、黒羽織に着流しの八丁堀同心だった。

浅井駿介は、やや細身で身の丈が五尺六寸（約一六八センチメートル）余。仙次は五尺五寸（約一六五センチメートル）ほどだ。

長兵衛が腰をあげる。

覚山は、左脇の刀をとって立ちあがった。

腰高の竹垣をまわって浅井駿介と仙次がはいってきた。

長兵衛がかるく低頭する。

「浅井さま、ごくろうさまにございます」

顎をひいた駿介が、顔をむけた。

覚山は名のった。

「九頭竜覚山と申しまする」

「貴殿については柴田どのより聞いておりまする。こたびは刀を抜いた。あいてが抜かざるをえぬ遣い手であった」

「さようにござりまする」

「話してもらいたい」

「申しあげまする」

覚山は語った。

そのあいだに、ひとり、ふたりと仙次の手先らしき者らが駆けつけてきた。

語り終えた。

ややまをおき、駿介が眼をむけた。

「逐電《ちくてん》のおそれはあるまいとぞんずる。沙汰《さた》が決しましたら、お報せいたす。おひきとりいただいてけっこうです」

「かたじけない」

覚山は、一揖した。ぶら提灯をもった長兵衛がついてくる。

うしろで駿介が言った。

「仙次」

「へい」

「生きちゃおるめえ。戸板二枚《めえ》だ。死骸《しげえ》をあらためて、ここにはこぶ。そのあと、おいらとおめえは御番所だ」

「わかりやした」

路地で長兵衛と別れ、覚山は住まいにもどった。

戸口にいそぎ足でやってきたよねが眼に涙をためた。

剣の修行として、山で気配をころし、父に追われた獣を斬った。幾頭も斬った。しかし、人を斬ったことはない。

二

覚山は、よねに酒をととのえさせた。昂《たか》ぶり、乱れる心を鎮めるためだ。

帰ってきた姿を見て安堵《あんど》の涙をうかべ、居間で長火鉢をまえにして案じ顔で酌をする。覚山は、だいじないとほほえんだ。

銚子や杯をそのままにして二階の寝所へ行き、覚山は荒々しくよねを求めた。

翌朝、よねが湯屋からもどってほどなく長兵衛がきた。

入堀通りとしてできるだけのことをするので、沙汰がわかったらかならずすぐに報せてください、といくたびも念押しして帰った。

覚山は、縁側の障子をしめてもどったよねに言った。

「およね、武士の妻ゆえ申しておくことがある。わしは、縄目の恥をしのぶ気はない。わかってもらいたい」

「あい、わかっております」

庭のくぐり戸があいた。

「およねさぁん」

松吉だ。よねが腰をあげ、障子をひいた。

「先生《せんせえ》は」

「いるわよ。おあがりなさい」

覗《のぞ》くようにして沓脱石《くつぬぎいし》のところにきた松吉の案じ顔が、陰から日向《ひなた》になった。

「先生《せんせえ》、御番所へつれてかれたってぬかす奴がいたんで心配《しんぺえ》しやした。あの野郎、張りとばしてやる」

「まだどうなるかわからぬ。お沙汰がでるのを待ってるところだ」

「へい。ですが、売られた喧嘩《けんか》を買っただけでやすから、でえじょうぶでやす」

「喧嘩両成敗だぞ」

「ちげえやす、喧嘩じゃありやせん。殺そうと刀を抜いた奴らを返り討ちにしただけで。先生《せんせえ》がご無事だってことをみなに教え、あいつはぶん殴って入堀へ放りこんでやらなきゃなりやせん」

「これ、むちゃをするでないぞ」

「むちゃはしやせん。ほんのかるく、二、三発、で勘弁できるわけがありやせん。いいかげんなことをぬかさねえように、ま心こめてぼこぼこにしてやりやす。へい、ごめんなすって」

松吉が、踵《きびす》を返して去っていった。

翌二十日、昼まえに三吉がきた。

夕七ツ（四時）すぎに柴田喜平次がたずねたいとのことであった。覚山は、承知し、そのむねをよねに告げた。

よねが、懇意にしている柴田の旦那にたのんだのではないかと気をもんだ。

覚山は、そうではあるまいと言った。

お縄にするなら南がくる。そして、武士として遇しているなら捕方をさしむけるむねの報せがある。腹を切るまをあたえるためだ。その役目を浅井駿介にたのまれて柴田喜平次がひきうけたのであれば、朝のうちにきている。

よねはいくらか安堵したようであった。

夕七ツから小半刻（三十分）ばかりがすぎたころ、喜平次と弥助がきた。

客間で膝をおると、食膳がはこばれてきて、よねが三人に酌をして去った。

喜平次が、笑顔をむける。

「まずはよい報せからだ。今朝、浅井駿介にたのまれた。というより、たぶん、おいらに気をつかったんだ。はじめから見てた者《もん》がふたりいる。浪人二名が待ち伏せ、刀を抜いて斬りかかった。したがって、おめえさんに科《とが》はねえ」

「かたじけのうございまする。浅井どのにもよしなにおつたえ願いまする」

「見てた者《もん》から聞き、おめえさんがたちまちふたりを斬りふせたことに、駿介は驚いてたよ。で、まあ、てめえで報せるよりはおいらのほうがいいだろうって、たのみにきた。南のお奉行は去年の九月にお役に就いたんだが、裁《さば》きが速《はえ》えし、こまけえことを言わねえんで、八丁堀では評判がいい」

南町奉行は、村上肥後守義礼《むらかみひごのかみよしあや》、五十一歳。前年の晩秋九月十八日、目付《めつけ》より栄転した。

家禄《かろく》一千石余。書院番《しょいんばん》に出仕した三年後に進物役《しんもつやく》となる。これは美丈夫《びじょうふ》であったことをしめしている。見栄えがよくないと進物役にはなれない。寛政《かんせい》四年（一七九二）初春一月十五日に使番へ転出、同年仲秋八月十九日に西丸目付となる。

この年、ロシアの船が伊勢《いせ》の漂民を送り届けて蝦夷《えぞ》に到来した。仲冬十一月十一日、西丸目付を拝命して三月《みつき》もたたないにもかかわらず、命をうけた義礼は、本丸目付の石川将監忠房《いしかわしょうげんただふさ》とともに松前《まつまえ》へ赴いている。

翌五年初冬十月七日に江戸帰着。翌六年晩春三月十七日に本丸目付となる。

俊英であったろうことがうかがえる。

覚山は言った。

「よろしければお教え願いたきことがござりまする」

「なんでえ」

「浅井どのも柴田どのとは親しげなごようすにござりました。北と南とで手柄を競うようなことはないのでござりましょうや」

喜平次が笑みをこぼす。

「おいらたちは代々八丁堀に住んでいる。同心は同心、与力は与力、出世することもまずねえ。かばいきれねえほどの不始末をしでかした奴が、ほかの番方与力や同心に追いやられることがあるくれえだ。むしろ、火盗改《かとうあらため》の奴らが御番所に敵愾心《てきがいしん》を燃やしてる。奴らはお役目を出世の足掛りとしか考《かんげ》えてねえから、むやみやたらとお縄にしやがる」

言葉をきった喜平次が、諸白《もろはく》を注いで飲んだ。杯をおいて顔をあげる。

「おいらたちは、すくねえ人数でご府内の平穏をたもたねばならねえ。あらだてるのではなく、穏便におさめる。だから、大名家も表店の者《もん》らも、御番所や八丁堀に付け届けをする。さて、おいらと駿介だが、おなじ本所深川を持ち場にしてる。変わったことや、用心したほうがよいことがあれば、たがいに教えあう。そのほうがうまくいくからな」

「それゆえ拙者のことを」

「ああ。入堀通りは深川一、つまりは江戸いちばんの花街だ。そこが用心棒を雇った。すぐに駿介の耳にもへえった。八丁堀の縄暖簾で一杯《いっぺえ》やりながら話した。そういうことだ」

「南の定町廻りも毎日見まわっておられる。なるほど、言われてみれば、たしかにそのとおりにござりまする」

「それで、駿介がたのみにきたんは理由《わけ》がある。なにがあったかはつまびらかに聞いた。だが、おめえさん、話してねえことがあるんじゃねえかって気がするって言ってるんだが、どうだい」

覚山は首肯した。

「なにがあったのかをお訊きになられたのでお話しいたしました。心あたりをおたずねにはなりませんでした。ごぞんじの門前町《もんぜんちょう》の為助《ためすけ》一家の子分どもがほかに、ふたり連れの浪人ふた組を追いはらったことがござりまする。待ち伏せにあった前日、暮六ツ（六時）の見まわりのおり、堀留にいた地廻りらしき二名が表通りを永代寺のほうへ駆けていきました」

「為助一家か、入船町《いりふねちょう》の権造《ごんぞう》一家。身を隠してなかったんだな」

覚山はうなずいた。

「堀留の柳のそばに立っておりました。指図でそこにいたのでしたら、寺町《てらまち》うら蛤町《はまぐりちょう》の三五郎一家が、為助一家か権造一家の者だと思わせんとした」

「ありうるな。浪人組のどっちかが仲間に仕返しをたのんだってのもだ。おめえさんが斬った浪人ふたりとも、巾着《きんちゃく》と紙入れはあった。が、身もとをあかすものはなかったそうだ。遣えたんだろう」

「ええ。まえにあいてをした浪人どもよりはるかに」

「にもかかわらず、身もとがわかるのをもってねえ。いつもそうなのか。それともあえてそうしたのか。今日のところはこれまでにしよう。山谷と大伝馬町、それに山形屋も、あらためてさぐらせてる。すこしずつわかってきてることもあるが、もうすこしはっきりしたら報せる」

喜平次が刀をとった。

いつものごとく膝おり、覚山はふたりを見送った。弥助だけなら立ったままでもかまわない。だが、喜平次は公儀役人であり、無礼になってしまう。

弥助が格子戸をしめ、ふたりが去った。

格子戸のむこうのはるか下総《しもうさ》の空から青さがうすれ、日暮れのけはいがしのびよりつつあった。

夕餉をすませてしたくをし、暮六ツ（六時）の鐘を待って見まわりにでた。

帰りに万松亭によった。夕餉のまえにたきを使いにやって相談があるむねを長兵衛につたえてあった。

迎えにでてきた長兵衛が、庭にめんした小部屋に案内した。仲春も下旬になったが、陽射しがなくなるとたちまち冷たい夜気におおわれる。

小部屋は素焼きの火鉢で暖めてあった。

長兵衛が上座をしめした。覚山は、膝をおって脇に刀をおき、用向きを語った。

入堀通りは、店《たな》からのあかりと堀ばたの常夜灯があるので提灯をもたずとも歩ける。提灯がいるのは入堀通りから住まいまでだ。刀を抜かざるをえぬことがこれからもあるかもしれないゆえ、できれば手ぶらで見まわりをしたい。提灯をいく張りか万松亭におかせてもらえまいか。

それでしたら、と長兵衛がこたえた。どうぞ手前どもの小田原提灯をおつかいください。

料理茶屋では客のもとめにおうじて屋号入りの小田原提灯をもたせる。そのぶんは座敷代にふくまれている。

「……じつは、手前も、こたびのことで、提灯はおもちにならないほうがよいのではと思っておりました。ご遠慮なくおつかいいただきたくぞんじます」

「かたじけない」

覚山は、長兵衛がとってきた小田原提灯をさげ、庭から路地にでて、住まいにもどった。

よねに話すと、ほほえみ、小田原提灯の蠟燭《ろうそく》を買っておき、ころあいをみてとりかえるようにします、と言った。

「うん。そうだな。それなら気がねせずともすむ」

ふいに、ふたりを斬った感触がよみがえった。首筋から頬にかけて鳥肌がたつ。胸腔《きようこう》いっぱいに息をすい、口をすぼめてゆっくりとはきだした。

「先生」

案じ顔だ。

脚をくずして胡坐《あぐら》をかく。

「およね、まいれ」

「あい」

くんだ脚のあいだによねを横向きにすわらせ、抱きよせた。身八口《みやつくち》から手をいれて胸乳《むなぢ》をさわる。人差し指と中指の根っこで乳首をはさむ。

震えんとしていた手が、胸乳のここちよさにおちつく。

覚山は、鼻孔から息をはきだし、よねの唇に唇をかさねた。

躰《からだ》は鍛えられる。しかし、心は鍛えようがない。いや、やりようがあるかもしれぬが鍛えてはならぬ。心を鍛えるは阿修羅《あしゆら》へ転げ落ちる坂道だ。

弱さこそが人の本性である。

いまは独りではない。護らねばならぬ者がいる。よねのおもさとぬくもりとが、迷路、闇夜のやすらぎであった。

しばらくすると、胸のざわめきがおさまった。

それでも、覚山はよねを膝にのせて抱いたままでいた。

したくをして夜五ツ（八時）の見まわりに行き、もどってきて夜四ツ（十時）の鐘を待った。しのびやかな鐘の音《ね》が夜陰を遠ざかっていった。

戸締りをして、さりげないふうをよそおい、内心はいそいそと、二階の寝所で、悦楽と忘我のひとときをすごした。

四日後の二十四日。

昼まえに三吉がきて、夕七ツ（四時）から小半刻（三十分）ほどのちに笹竹までおこし願えまいかとつたえにきた。

覚山は承知した。

夕七ツの鐘が鳴りおわってからしたくをはじめ、ころあいをみて住まいをでた。

いつものごとく大小だけでなく樫の棒も腰にさしていた。

昼を食べおえるころまでは陽射しがあった。それが、相模の空から濃淡のある灰色の雲がおしよせてきて江戸の空をおおいつくした。

低く重い雲で、雨になりそうであった。八幡《はちまん》橋をわたるさいも、福島橋をわたるさいも、吹いてくる川風が湿っていた。

暗い日暮れにそなえて、懐に小田原提灯をいれてきた。

喜平次と弥助は奥の六畳間にいた。もどってきたばかりとのことであった。すぐに三人の食膳がはこばれ、酌をしたきよが土間におりて障子をしめた。

杯にさらにはんぶんほど注いで飲んだ喜平次が、杯をおいて顔をあげた。

「たしかめさせてくんな。おめえさんにかいわいの地廻りについて話したのは万松亭の長兵衛かい」

「さようにござりまする」

「地廻りに用心棒がいることは長兵衛も知ってるだろうが、賭場についちゃあどうだい」

「聞いておりませぬ。用心棒についてもです」

「そうかい。なら、聞いてくんな」

定町廻りは南北あわせて十二名しかいない。それだけの人数でご府内を六つにわけて毎日見まわっている。臨時廻りをたしても二十四名だ。見まわりのほかに、殺しから喧嘩、盗みまで、さまざまなできごとの調べと探索もせねばならない。

地廻りをきびしくとりしまらないのは、縄張うちに眼を光らせてくれるからだ。岡場所などの悪所の日々の揉《も》め事など御番所ではあつかいかねる。札付《ふだつき》の悪《わる》をふくめて素人《しろうと》が賭場をひらくのを地廻りがゆるさない。さらに、賭場は、屋根船、寺社、旗本屋敷の中間《ちゆうげん》長屋などでひらかれる。

中間長屋での賭場は、所場代が旗本の懐にはいっている。それをあばけば、腹を切らねばならぬ旗本が幾人もでることになる。

また、岡場所をつぶし、夜《よ》鷹《たか》をかたっぱしからお縄にすれば、素人の女たちが、夜道ばかりでなく、昼間でさえ人通りのないところを歩けなくなる。

「……深川七場所って言葉がある。まとまった岡場所が、七箇所あるってことだ。門前仲町も、大島川《おおしま》にめんした裏通りに岡場所がある。三十路《みそじ》をすぎ、座敷のかからなくなった芸者が借金のために身をおとす。辰巳《たつみ》芸者じゃねえ、柳橋《やなぎばし》や山谷の芸者よ。深川芸者は、余所《よそ》の岡場所へいく。年季明けした吉原女郎《よしわらじよろう》もいる。誰もが所帯《しよてえ》をもったり、三味《しやみ》や踊りの師匠になれるわけじゃねえ。花街があり、岡場所もある。だから深川には地廻り一家が三つもある。ここまではいいかい」

覚山は顎をひいた。

「殿が、拙者を門前仲町に仮寓させたは生きた世間を学べとのおぼしめしであろうと愚考いたしておりまする」

「仮寓かい。いつか国もとへ帰《けえ》るわけだ」

「わかりませぬ。参勤のお供を仰せつかり、万松亭の世話になるよう申しつかりました。いつまで江戸におられるかは、殿がお心しだいにござりまする」

「今年のお暇《ひま》で帰《けえ》るかもしれねえわけか」

「さようにござりまする」

「まあ、そいつは決まってからだが、そのほうがいいかもしれねえ。なんでこんな話をしたかというと、噂《うわさ》をつかんだ。おめえさんの首に十両だそうだ。十両あれば、このあたりでもぜいたくしなければ半年は暮らせる。場末《ばすえ》の裏店《うらだな》なら一年ちかくだ。おめえさんが痛めつけた痩《やせ》浪人どもにそんな大枚があるわけがねえ。となると、さしあたり、門前町の為助一家だ。為助んとこに、河井玄隆《かわいげんりゅう》って用心棒がいる」

為助は、短軀《たんく》小肥りの四十二歳。三十四歳の女房しげとのあいだに十二歳と八歳の娘がある。

河井玄隆は四十五歳。痩身。頭がきれ、剣も凄腕との噂がある。一家の裏手に女と暮らしている。女は三十二歳、名はつる。しげとつるは従姉妹《いとこ》で、ふたりとも辰巳芸者であった。通り名は、しげが重吉《しげきち》、つるが鶴吉《つるきち》。

「……ふたりについちゃあ、およねが知ってるはずだ。十両の噂だが、誰がながしたのかをさぐらせてる。だが、河井玄隆が策なら、たやすくわかるとは思えねえ。奴はおいらが定町廻りになるめえから為助んとこにいる。五、六年くれえだ。これまで、奴のしわざにちげえねえって殺しがいくつかあるんだが、悪賢い野郎でまったく尻尾をつかませねえ」

言葉をきった喜平次が、諸白を注いで飲んだ。

杯をもどして、顔をあげる。

「お奉行より、お言付けがある。やむをえぬのならそのかぎりではないが、これまでどおり、できうれば刀を抜かずにすますように。南のお奉行にも、十両の件はお城でお話しなさるそうだ」

「ありがたくぞんじまする。よしなにおつたえ願いまする」

「ああ。ほかにもわかったことがあるんで話しておきてえ。常陸《ひたち》の国の潮来村《いたこむら》はまるごとじゃねえが、水戸《みと》家のご領地だ。その水戸さまに、山野辺《やまのべ》って家老家がある。大《だい》猷院《ゆういん》（諡号《しごう》、三代将軍家光）さまの命で水戸家へ出仕し、義公《ぎこう》（諡号、光圀《みつくに》）さまの傅役《もりやく》をつとめられた。その山野辺家が、最上の血筋よ」

覚山は、眉間に縦皺をきざんだ。

「小糸《こいと》父親の稲垣彦次郎《いながきひこじろう》は、潮来よりでてまいった蓑助の世話をしております る。潮来にかかわりがあると考えてよろしいかとぞんじまする」

喜平次が真顔でうなずく。

「慎重にせよとお奉行に申しつかった。あとふたつほど話しておきてえ。ひとつは、その稲垣彦次郎についてだ。二十一年めえに今戸町《いまどまち》で手習所をはじめている。妻女と赤児があった。人別帳をあたったが、店請人はいねえ。ただ、近所の年寄が、日本橋のほうの商人《あきんど》がいろいろと世話をしていたのを憶えてた。で、羽州屋と長谷堂とをさぐった」

横《よこ》川と源森《げんもり》川とのかどにある枝川を四町（約四三六メートル）ほどさかのぼったところに羽州屋の寮がある。

二十年あまりまえ、寮に浪人が妻女と住むようになった。妻女は身重だった。半年くらいして、女の子が生まれた。

「……取上《とりあ》げ婆《ばば》は死んでた。かよいで下働きをしていた百姓の女房が生きていた。稲垣彦次郎でまちげえねえし、今戸町で手習所をひらいたのも知ってた。その世話を羽州屋の先代がやってる。女房の話によれば、妻女はかなりやつれていて、ようやく江戸にたどりついたってようすだったらしい。寮から今戸町へ引っ越すめえのある日、稲垣が羽州屋先代に、このご恩は終生忘れませぬと頭をさげていたそうだ。羽州屋に気づかれぬよう用心させ、さらにさぐらせてる」

覚山はつぶやいた。

「恩を終生忘れぬ」

「羽州屋の助けがなければ、娘の小糸は生まれてなかったかもしれねえ。うけた恩義について、父親に聞かされて育った。侍《さむれえ》の娘だ、父にかわって命がけで恩を返《けえ》した」

覚山は、ちいさくうなずいた。

喜平次がつづける。

「で、もうひとつだが、羽州屋も長谷堂も地所借りだが山形屋の地所はてめえのものだった。ほかにもあるようだ。どこにいくつあるか、いつ手にいれたか、そういったことをあたらせてる」

「日本橋の羽州屋と長谷堂のほうが店構えは立派だが、山形屋のほうが財産がある」

「そういうことよ。縁組のやりかたからして昔から往き来していたとは思えねえ」

覚山は首肯した。

「あの夜、山形屋五郎兵衛は奥川橋《おくかわ》の桟橋から屋根船にのった。屋根船をつけて待っていた者は、五郎兵衛が門前仲町の料理茶屋からくるのを知っていた」

「なにゆえ料理茶屋で座敷をとったのか。ちょいとさぐれば、寄合なんかじゃなく房《ふさ》次《じ》とふたりっきりだとわかる。会うまえに芸者とふたりっきり。房次ってのはひいきにしてる芸者らしい。五郎兵衛に疑いの眼をむけてたんで、あやしんだ。おかげで、この一件も、もうすこしでめどがつきそうだ。おめえさんは、くれぐれも気をつけてくんな。もういいぜ」

「ご無礼つかまつりまする」

覚山は、脇の刀をとった。

六畳間から土間へおりてふり返り、かるく一揖する。

障子をしめて、門口《かどぐち》にむかう。蛇の目傘をさげたきよがついてきた。

腰高障子をあける。

霧雨が日暮れをぬらしていた。

三

翌二十五日、下総《しもうさ》から顔をだした朝陽が、雲ひとつない空をまっ青に染めていった。

昨夜の雨はほんのいっときであった。夜五ツ（八時）の見まわりのおりは、雲間で星がまたたいていた。

よねが湯屋からもどってほどなく、庭のくぐり戸があけられた。

「先生《せんせえ》、松吉でやす。おじゃましてもよろしいでやしょうか」

噴きだしそうになったよねが、右手で口をおおった。陽気がよいので障子はあけてある。

松吉が、覗きこむようにして顔からあらわれた。

「おはようございやす。今朝の空はまじりっけがなく、年ごろの娘のようにきれえでやす。おっと、およねさんもまけちゃあおりやせん。おてんとうさまもよろこんでおりやす」

「いいから、おあがりなさい」

「へい。ありがとうございやす」

松吉が、沓脱石からあがってきて、膝をおった。

すぐに襖《ふすま》があき、たきが盆で茶をはこんできた。

膝をおり、松吉のまえの畳に茶托《ちゃたく》ごと茶碗をおく。

「十五だもんな。満月だって、おたきには勝てねえよ。嘘だと思うんなら来月の十五夜に見あげてみな。まあるいお月さまが黄色くなって雲隠れしちまうから」

うつむいたたきの頰からうなじまで桃色にそまる。

よねがとがった声をだす。

「松吉、いいかげんにおし。おたき、まともに聞くことないからね。さがってなさい」

「はい」

たきが、廊下にでて襖をしめた。

顔をもどしたよねが松吉をにらむ。

「まったく、おまえは、ほんとに、みさかいがないんだから。まだ初心《うぶ》なんだからね、あいてを見てからかいなさい」

「すいやせん。気いつけやす。……先生《せんせえ》、昨夜《ゆうべ》、いやな噂を耳にしやした」

「わしの首に十両、か」

「ごぞんじで」

「定町廻りの柴田どのより聞いた」

「北の旦那から」

「そのほうは誰に聞いたのだ」

「あっしが先生《せんせえ》とこへ出入りしてるんはみな知ってやすから、心配《しんぺえ》して教えてくれやした」

「いつだ」

「昨夜《ゆうべ》、桟橋にもどってきたところで言われ、飯を食いにいく呑み屋でも仲間に言われやした。今朝も、わざわざ言いにきた者《もん》がおりやした」

「わしを斬ったとする。その十両、どうやってもらうのだ」

眼をみひらいた松吉が、首をひねる。

「さあ、知りやせん。ですが、先生《せんせえ》が斬られたりしたら大騒ぎになりやす。ん。知らんぷりしてりゃあ払わずともすむってことで。どういうことでやしょう」

「なんらかの策やもしれぬ。考えてみよう」

「へい。考えるのはおまかせしやす」

「ところで、誰ぞ殴ると申しておったが、むちゃはしておらぬであろうな」

「てえしたことはしておりやせん。尻《けつ》けとばして頭《どたま》はりとばし、こんどつまらねえことぬかしやがったら、鼻の穴に指つっこんで川に投げとばしてやるぞって怒鳴りつけるだけで勘弁《かんげ》しやした。先生《せんせえ》のおかげで、あっしもやさしくなったもんだとしみじみ思いやす」

「さきほど、月が雲隠れすると申しておったが、羞花閉月《しゅうかへいげつ》という言葉がある」

「先生《せんせえ》、その〝しゅうか〟ってのはなんのことやらわかりやせんが、屁《へ》は尻《けつ》でこくってくれえ、あっしだってわかりやす」

「屁の話ではない。佳人《かじん》、別嬪《べっぴん》を褒《ほ》めておるのだ。あまりの美しさに花は恥じらい、月さえ隠れてしまうという意味だ」

「へえ」

「松吉」

「なんでやしょう」

「洒落のつもりか」

　よねが噴きだした。

「えっ……あっ。ち、ちげえやす。先生《せんせえ》は、やっぱ偉《えれ》えなと思ったんで。すいやせん、もういっぺん教えておくんなさい」

「羞、花、閉、月。〝しゅう〟は〝はじる〟、〝か〟は〝はな〟、〝へい〟は〝かくれる〟、〝よいか、〝へ〟ではなく〝へい〟だぞ。〝けつ〟ではなく〝げつ〟で〝つき〟のことだ」

「しゅうかへいげつ。へい、憶えやした。なんだか賢くなった気がいたしやす」

　松吉がよねに顔をむける。

「羞花閉月のおよねさん」

　よねが頰を染めた。

「おっ、お月さまが赭《あか》くなりやしたね。こいつはいい。みなに教えてやらなくちゃあ」

　よねが狼狽《ろうばい》した。

「やめておくれ。そんなことしたら、二度と家《うち》にいれないからね」

「せっかく憶えたんでやすからつかわしてください」

「だめッ」

松吉が、あからさまな溜息をつき、驚いたように眼をみひらいた。

「いけねえ、いけねえ。忘れるところでやした。先生《せんせえ》、蓑助がなんで江戸へきたんかがわかりやした」

ある夜、賭場からの帰り、仲間の船頭が蓑助と屋台の田楽《でんがく》売りの縁台《えんだい》に腰かけて茶碗酒を飲んでいた。

蓑助女房のかねが悋気《りんき》について仲間うちで知らない者はいない。飲みたりない気分でさらにふたりぶんの茶碗酒をたのんで、仲間の船頭が言った。

——蓑さんよ、あんなに焼きもちやかれ、おめえ、よくがまんしているよな。

蓑助はふだんから無口だ。茶碗酒がはこばれてきて、あいた茶碗がさげられた。濁り酒を飲み、茶碗をもどした蓑助がつぶやいた。

——罪滅ぼしよ。

——どういうことでえ。

——潮来でな……。

蓑助が黙った。仲間は茶碗酒をちびちび飲みながら待った。

——ひでえ雨だった。

あたりがにわかに暗くなった。薄曇りだった空が、鼠色《ねずみ》の厚い雲におおわれていた。そして、いきなり、大粒の雨がたたきつけてきた。音をたてる雨が水面に弾け、さっきまで見えていた岸も灰色に霞んでいた。

空では、稲光が奔り、雷鳴が轟いた。

蓑助は、力いっぱい艪《ろ》を漕いだ。

客を十六名のせている。川のまんなかでさえぎるものがない。雷の的《まと》になってしまう。

なおいっそう力をこめたときだった。

ふいに斜めまえから大きな舳《みよし》が突っこんできた。軋《きし》む音をたて、こちらの舳右横にぶつかった。客の女子どもが悲鳴をあげた。

船が左にかたむく。客たちが左にたおれる。あわてて立ちあがろうとする者たちがいる。

立つんじゃねえっと叫ぶまえに、蓑助は客とともに川に投げだされた。

「……ぶつかったんは荷船だったそうで。荷船の者《もん》が、棹《さお》をにぎらせたり、縄をつかんで飛びこみ、九名助けてくれたそうでやす。のこりの七名は、年寄の夫婦者《もん》が二組と、幼い娘ふたりを連れた母親だそうで。勘助《かんすけ》が首をくった気持ちがわかると話してたそうでやす。仲間が、それで江戸にでてきたのかって訊いたら、年寄ふたりが浮いてきた、だが、のこりの五名《めえ》はだめだった、あんなちっちぇえ子が……、めぐりあわせじゃねえかって気がする」

「なるほどな。それでかね《い》とふたりの娘のめんどうを親身になってみたわけか」

「そう思いやす」

「柴田どのに報せてもかまわぬか」

「賭場からの帰《けえ》り道での話でやす。でえじょうぶでやしょうか」

「蓑助についてはわからぬことがあったが、これで得心がいく。松吉をふくめ、問いただしたりせぬようきちんとお願いしよう」

「あっしは、先生《せんせえ》だからお話ししたんで。たとえお縄になっても、仲間を売るわけにはいきやせん。そろそろ失礼《しつれえ》しやす。……およ《い》ねさん、馳走《ごち》になりやした」

ぺこりと辞儀をした松吉が、腰をあげ、濡れ縁から沓脱石におり、去っていった。

覚山は、腕をくんでしばし思案し、文机《ふづくえ》にうつって柴田喜平次への書状をしたためた。

昼のかたづけをすませたたきに、書状を笹竹へとどけさせた。

翌二十六日、昼まえに三吉が使いにきて、夕刻、柴田喜平次と弥助がきた。

覚山は、ふたりを客間に招じいれた。

よねとたきが食膳をはこんできた。酌をしたよねが襖をしめて廊下を去っていった。

喜平次がほほえんだ。

「文をありがとよ。松吉によく報せてくれたって礼《れえ》と、心配《しんぺえ》しねえようつてえてくんな。どっちが誘いをかけたにしろ、蓑助は子連れのかねと所帯《しょてえ》をもち、てめえの血をわけた子はつくらねえってきめた。おめえさんも書いていたが、おいらもわかる気がする。舟がひっくり返《けえ》り、年寄と女子どもが七人も死んだ。船頭としてつらかったろうな」

「そう思いますする。勘助の気持ちがわかると申しておったそうにござりますゆえ、たとえ責められなくとも潮来にはいづらかったのでありましょう、書状にもしるしましたが稲垣彦次郎をたよって江戸へでてまいったのではありますまいか」

「まちげえあるめえよ。十六年めえに、稲垣は、蓑助をやとってもらえねえかと船宿の澄川《すみかわ》にたのんでる。つまり、蓑助は稲垣に義理がある。それだけで殺しの手助けをしたのかとなると、ちっとばかし弱え気《よえ》もするが、死を覚悟した小糸が躰をなげだしたのんだのならわからねえ」

覚山はうなずいた。

「かねと娘ふたりをひきうけておのが子はつくらぬと決めたところなど、蓑助には実《じつ》がありまする。いっぽうで、女にだらしない。ですが、誘われても博奕にのめりこむことはなかった。うえの娘は来月から奉公にでる。小糸にすがりつかれて断れなかった。稲垣彦次郎への恩義も頭にあった。しかし……」

「ああ。言いてえことはわかる。なら、小糸が蓑助を刺したあと自害した、だろう」

「そのとおりにござりまする。ところが、じっさいは、蓑助が小糸を刺し、おのが喉を突いて死んだように見えまする」

「たしかにな。そのことはすこしおいておこう。ほかにも話しておきてえことがある。向島《むこうじま》は百姓地だ。百姓どうしなら売り買いもできなくはねえが、武家や町人が百姓地を買うのはかなりめんどうだ。田畑《でんぱた》には年貢《ねんぐ》があるからな。だから、てえげえは借りて、抱屋敷や寮、料理茶屋から食の見世《みせ》なんかを建てる。百姓は貸し賃から年貢代を払う。そういうしくみになってる。ここまではいいかい」

覚山は首肯した。

「おつづけください」

「羽州屋の寮が建ってる地所は、十一年めえに持ち主がかわってる。江戸近在で野菜をつくってる百姓は裕福だ。数百石のお旗本や小店の商人《あきんど》なんぞよりはるかにな。その百姓はけっこうな地所持ちで、田畑のほかに、貸してある寮地が羽州屋をふくめ五箇所もあった。年末に貸し賃があつまったところを押込み強盗一味に襲われ、皆殺しにされた。一味は二年後にお縄になってる。住んでた家は畑になっちまってるし、いまの持ち主は昔のこまけえことを知らねえ。だから、調べるのに苦労した」

弥助のほかに何人か年季のはいった御用聞きをつかっている。見まわりの供をさせるのは気の毒だが、探索は手練《てだれ》である。そのひとりに、羽州屋の寮についてさぐらせていた。

ひとりの話を鵜《う》呑《の》みにしない。できるだけあたり、得心がいかなければ、二度、三度と足をはこぶ。たいがいはおだやかに訊くが、十手《じって》を見せて凄みをきかすこともある。

「……で、そいつがつかんできたことがある。大事《でえじ》なことなのでさらにあたらせたんで、たぶん、まちげえねえはずだ。稲垣彦次郎は、羽州屋じゃなく、交代寄合の最上さまをたよった。……驚いてねえようだな」

「水戸さまご家老のおひとりが最上家ゆかりのおかた。その水戸家領地である潮来村に稲垣彦次郎はいた。交代寄合の最上さまは、ご本家。稲垣が最上家にかかわりがある者であれば、まずはご挨拶に参上いたすのであるまいかと愚考いたしました」

喜平次が苦笑をこぼした。

「考《かんげ》えたんなら、話すなり、文なりをよこしてくんな。手間がはぶけた」

「申しわけございませぬ」

「わびることはねえ。最上さまは、いまでも羽州屋の寮をときおりつかっておられる。いきなりたずねてもお会いくださるとは思えねえ。添状を持参してたんじゃねえかな。とにかく、最上さまが、稲垣を羽州屋へひきあわせた。で、稲垣は身重のご妻女と寮で暮らすようになった。だがな、山形の最上家が改易になったんは元和八年(一六二二)、百七十五年もめえのことだ。それに、養子によって血筋もちがってる。いささかややこしいが聞いてくんな」

最上家当代は三十八歳。先々代の実子だが、先代は養子である。先々代が致仕した明和《めいわ》元年(一七六四)に、当代はわずか五歳だった。あまりに幼いゆえ、先々代は養子を迎えて跡を継がせ、実子をその養子にしたものと思われる。先代は、明和元年に家を継ぎ、天明《てんめい》八年(一七八八)に四十二歳で亡くなっている。

先代以前にも、旗本最上家はいちど養子を迎えている。いずれも、娘への婿養子ではない。家名存続のための養子である。

稲垣彦次郎が江戸へきた安永《あんえい》三年（一七七四）は、先代が当主のころだ。ただし、先々代も存命である。先々代は、安永七年（一七七八）に三十七歳で死去している。

「……藤巻十蔵《ふじまきじゅうぞう》ってのがいる。最上家当代の母親が実家《さと》の五男だ。当代にとっては叔父にあたる。お旗本なら呼びすては許されねえが、勘当されて浪々の身だ。藤巻って名のってるが家名ではねえ。むろん、家名はわかってる。が、縁切りされてるし、ご大身《たいしん》（千石以上）のお家柄だ、十蔵が家名を名のるを許さなかったんじゃねえかな。お奉行のお申しつけがあるんで、勘弁してくんな。羽州屋の寮についてさぐらせていて、ちょいと気になる噂がうかんできた」

羽州屋の寮があるのは小梅村《こうめむら》だ。長谷堂もつかっているが、十数年まえまでは須崎《すさき》村《むら》の三囲稲荷《みめぐりいなり》うらに寮があった。羽州屋の寮とは五町（約五四五メートル）ほど離れている。

亡くなった山形屋五郎兵衛の後添えみのは、長谷堂の娘だが羽州屋の養女として嫁いだ。当代長谷堂の妹である。

その冬、寮にいた当代長谷堂の内儀なつが、風邪をこじらせて臥《ふ》せった。山形屋に嫁いだ義理の妹みのが、良人《おっと》の五郎兵衛とともに見舞にきた。陽が西にかたむきだしたころ、五郎兵衛はみのをのこして帰った。

翌日の昼すぎ、藤巻十蔵が寮にやってきた。夕刻、枝折《しおり》戸をあけていそぎ足で去っていった。つぎの日の昼、五郎兵衛が迎えにきて、ふたりは帰った。

それらを、となりに住む地主の百姓と女房が見ている。

「……それから十月《とつき》あまりで、山形屋にかよが生まれた。娘より跡取りの倅がほしいはずだ。だが、子はかよだけだ。ひとり娘のかよが、長谷堂の養子になった羽州屋の倅秀三郎《しゅうざぶろう》を婿にむかえた。なんで五郎兵衛にはひとりしか子がいねえんだ」

「その寮は、長谷堂が建てたものでしょうか」

「ああ」

「ただいまは長谷堂のものでないような気がいたしまする」

喜平次が微苦笑をうかべた。

「そのとおりよ。年老いたとなりの百姓夫婦は、話すのをしぶった」

わるい評判がたてば、いまの持ち主も寮を売ってしまうかもしれない。御用聞きは、口止めをすることで安心させ、聞きだした。

山形屋の新造《しんぞう》（若妻）は、藤巻十蔵にてごめにされたのではあるまいか。

それまでは、毎年、冬から春のあいだは正月をのぞいて長谷堂の内儀なつは火事の心配がない寮住まいをしていた。それが、ぴたりとこなくなった。たまに、主がつかうくらいであった。そして、翌年か翌々年に売りにだされ、場所がよいのですぐに買い手がついた。

「……というしでえなんだ。いま、手分けして、藤巻十蔵のことをしらべさせている。あらためて、山形屋と羽州屋と長谷堂もだ。山形屋だが、知ってのように、前妻を流行病《はやりやまい》で亡くしている。その前妻だが、子ができねえのを苦にして臥せがちだったらしい。山形屋五郎兵衛は、婿をむかえたひとり娘がてめえの子じゃねえかもしれねえとうたがってた。前妻は子ができなかった。後添えのみのは娘ひとりだけだ。ひょっとして、てめえは種なしなんじゃねえかってな」

「しかしながら、房次がおのが子なら、娘かよもおのが子でありうる。おのが子かどうか、男は妻を信じるしかありませぬ」

喜平次が、肩を上下させる。

「ああ。五郎兵衛は房次をひいきにしてた。てめえの子じゃねえか。ちょっとしたしぐさやなんか、てめえと似てるとこがあるんじゃねえか」

「山形屋五郎兵衛は、置き忘れるほどありふれたものを房次にあずけた。万一をおもんぱかってであったように思いまする。ですが、あいても五郎兵衛のうごきをうかがい、案じていた」

「たぶんな。山形屋の地所だが、伊沢町《いざわちょう》は片町でおおよそ一千五百坪ほどある。店《たな》と北隣、裏店をふくめて三百坪ほどが山形屋のものだ。それと、二十間川ぞいの冬木町《ふゆきちょう》に二百坪ばかり、三十三間堂町《さんじゅうさんげんどうちょう》に百五十坪ほどもってる。伊沢町に店をだしてから十年とたたずに、三十三間堂町、冬木町の順で買ってる。川向こうの深川に店をだしてやらねばならねえ妾腹《めかけばら》の長男を不憫《ふびん》に思ってだろうな。長男を邪慳《じゃけん》にした内儀への面当《つらあ》てもあったんじゃねえのか」

喜平次が縁側のほうへ眼をむけた。

西陽が障子を照らすのではなくやわらかく染めている。

顔をもどした。

「小半刻（三十分）もすれば暮六ツ（六時）だ。今日は、これくれえにしとこう。なんかわかったら、また報せる」

「拙者ごときにお気づかいいただき、お礼を申しまする」

喜平次がほほえむ。

「おめえさんに話すことで、考《かんげ》えをまとめている。おいらのほうこそ、まきこんじまって心苦しく思うところもある。およねによろしくつてえてくんな」

喜平次が脇の刀をとった。

覚山は、戸口でふたりを見送った。

四

この年の仲春二月は小の月で、二十九日が晦日《みそか》である。明六ツ（六時）から小半刻（三十分）あまりがすぎたころ、戸口の格子戸がひかれた。

「ごめんくださいやし」

三吉の声だ。

覚山は、居間から戸口へいそいだ。

駆けてきたようだ。赭ら顔の額に汗がにじんでいる。

懐からむすび文をだした。

「朝はやくにすいやせん。柴田の旦那におとどけするよう申しつかりやした」

むすび文をさしだす。

覚山はうけとって言った。

「待っておれ」

居間へもどる。

よねが巾着をさしだした。覚山は、ほほえみ、戸口へひきかえした。巾着から小粒《こつぶ》（豆板銀）をとりだす。

「ごくろうであった」

三吉が笑顔になる。

「ありがとうございやす」

表にでて格子戸をしめ、駆け去っていった。

居間へもどって長火鉢のまえで膝をおり、むすび文をひらく。

――昨夜《さくや》、羽州屋と長谷堂の両名を捕縛。

よねにはそのつど経過をかいつまんで話している。

覚山は顔をむけた。

「羽州屋と長谷堂の主をお縄にしたそうだ。お会いしたのは三日まえだが、それらしきようすはなかった。なにも書いておらぬのは、仔細《しさい》が判明すれば教えるということであろう」

「房次と山形屋さんとを殺《あや》めたのは、羽州屋と長谷堂のさしがねということでしょうか」

「おそらくはな」

覚山は、むすび文を裂き、炭火で燃やした。

翌晩春三月朔日《ついたち》は霧雨の寒い朝であった。にもかかわらず、長吉が稽古着《けいこ》でやってきた。

覚山は稽古のあいてをした。

二日三日と、つかのま陽が射したり、曇ったり、小雨がぱらついたりとはっきりしない天気だった。

四日は、春の朝陽が下総《しもうさ》の空ににこやかにのぼった。

昼まえに三吉がきた。いつもの夕刻に笹竹にきてもらいたいが、話がながくなると思うとの言付けであった。

夕七ツ（四時）の鐘を聞いてしたくをした覚山は、両刀のみを腰にして、万松亭へ行き、暮六ツ（六時）の見まわりはできないであろうむねを長兵衛に告げて笹竹にむかった。

富吉町の通りは、なだらかに南へまがっている。正源寺《しょうげんじ》の参道が見えたところで、相川町《あいかわちょう》のかどから喜平次があらわれた。弥助と手先ふたりがつづく。

覚山は、参道のかどで待った。

やってきた喜平次が、参道へおれながらよこにくるようにうながした。

断りを言ってさきになった手先のひとりが、腰高障子をあけて、お帰りでやす、と声をかけた。

喜平次が暖簾をわけた。

笑顔で辞儀をするきよに、覚山は笑みでこたえた。

袂《たもと》からだした手拭で足袋《たび》をはたいた喜平次が、座敷にあがった。覚山はそれほど歩いていない。腰の刀をはずして草履《ぞうり》をぬいだ。

きよと女中が食膳をはこんできた。きよが喜平次から順に食膳をおいていく。そして、喜平次から酌をし、六畳間をでて障子をしめた。

喜平次が言った。

「おめえさんと会った翌日の二十七日にうごきがあった。それについてはあとまわしだ。翌朝、長谷堂と羽州屋がそろって旦那寺《だんなでら》へ行った。尾《つ》けてた者《もん》がたしかめると、ふたりで山形城下にある先祖の墓参りに行くんで往来手形をたのむためだった。で、その夜、お縄にした。両名とも観念し、白状した。奴らが逃げる算段をしなきゃあ、もうちょいかかった。わかってたことをふくめ、まとめて話す」

羽州屋儀兵衛《ぎへえ》、五十三歳。長谷堂元右衛門《もとえもん》、五十歳。藤巻十蔵、四十二歳。

長谷堂は、須崎村の寮を売ったあと、上野《うえの》寛永寺《かんえいじ》うらの金杉村《かなすぎむら》に寮を買った。寛永寺門前の下谷《したや》広小路《ひろこうじ》まで半里（約二キロメートル）ほどで、男の足で小半刻（三十分）とかからない。まわりは田畠《たはた》だが、東へ二町（約二一八メートル）も行けば町家の通りがある。

「……おさえておいてもらいてえことがある。大伝馬町は太物問屋が多い。初代《しよでえ》はかなりのやり手で店をおおきくしてるが、いまは羽州屋も長谷堂も繁盛してるってわけじゃあねえようだ。長谷堂が金杉村に寮を買ったんは、藤巻十蔵を住まわせるためだ。須崎村の寮は、そこで妹みのがてごめにされたのと、金杉村の寮を買う金子《きんす》をえるために売った。妹をひでえめにあわせた奴に、なんでそこまでするかには理由《わけ》がある」

長谷堂元右衛門の内儀なつは、十六歳から十七歳の二年、十蔵の屋敷に行儀見習奉公にあがっていた。十蔵は、男だけ五人兄弟の末っ子で、なつより三歳年下である。

なつを娶《めと》って半年ほどして、十蔵がたずねてきた。なつは十八歳、十蔵は十五歳であった。しばらくあいてをしていた元右衛門は、お帰りが遅くなるとお屋敷で心配なさるのではありませぬかと訊いた。すると、わたしのことなど誰も気にしておらぬとこたえる眼に翳《かげ》りがあった。

元右衛門は三男である。うえふたりが流行病で亡くなり、跡取りの座がころがりこんできた。五男の十蔵は養子か婿養子の声がかからぬかぎり、生涯部屋住みの厄介である。元右衛門は、十蔵が気の毒になった。

それで、十蔵がたずねてくると、小遣銭《こづかいぜに》をわたすようになった。十六歳で元服《げんぷく》する。十蔵の眼からしだいに澄んだ光が消えていった。野良犬を斬ったなどと言うこともあった。部屋住みなどでなく嫡男であればさぞかしと思わせるところがあり、元右衛門はその才を惜しんでいた。

だから、しばらくぶりにたずねてきた十蔵に、内儀のなつが寮で臥せっている、風邪がながびいているだけだが、気弱になっている、若さまが顔をお見せになればよろこぶにちがいない、と言った。十蔵は、明日《あす》か明後日《あさって》に行ってみようとこたえた。元右衛門としてはただの挨拶のつもりであった。屋敷から向島までは二里（約八キロメートル）余もある。むろん、寮に報せることもしなかった。

翌日の暮六ツ（日の入）すぎ、十蔵がおとないをいれた。

話があるというので客間へ案内すると、さきほど寮で妹御をてごめにいたした、斬るなり刺すなり好きにいたせ、腹を切れと申すなら待っておるゆえ介錯《かいしゃく》ができる者をさがしてくるがよい、と乾いた声で言った。

あまりのことに元右衛門は驚き、おのれをおちつかせ、なにゆえと問うた。さあな、佳《よ》き女ゆえ手折《たお》ってみたくなった、とこたえた。

とりあえずひきとってもらい、元右衛門は寮へむかった。

寮にいるのは内儀のなつと女中だけだ。そこへ行かせたのは無分別であったかもしれない。

どうすべきかを屋根船の座敷で思案した。さわいだところでどうにかなるものではない。妹のみのに傷がつき、離縁されるだけだ。なにもなかったことにする。それしかない。

ふたりはなつの居室でうちひしがれたようすでうなだれていた。元右衛門は、十蔵が店にきていたとふたりに告げて、みのに気をしっかりもつように言った。

このことは誰にも知られてはならない。女中にはかたく口止めするように。

その夜は、元右衛門も寮に泊まり、つぎの朝もみのをはげまし、迎えにきた五郎兵衛にすこし疲れているようすなので養生させてやってほしいと言った。

「……みのは羽州屋の娘として山形屋へ嫁いでる。ほんらいであれば、まっさきに羽州屋に相談しなきゃあならねえ。ところが、元右衛門が羽州屋をおとずれて顚末《てんまつ》を話したのは数日後だ。隠しておくべきか、迷ったのかもしれねえ」

翌年、みのが女児を誕生した。四ヵ月か五ヵ月がすぎたころ、あれいらい姿をみせなかった十蔵がやってきた。

妹にむごい仕打ちをしたあいてだ。しかし、部屋住みとはいえ、かつての主家である最上家にかかわりがある大身旗本の子息である。その最上家には、本家の羽州屋がお出入りをゆるされている。やはりむげに追いかえすわけにもいかず、元右衛門は客間にあんないして、茶もださずに下座で対した。

十蔵がいきなり言った。

――妹御に女児ができたそうだが、父親はわたしであろう。

――おたわむれを。

――山形屋は前妻とのあいだに子がない。妹御が嫁いでも、子ができなかった。あれからおおよそ十月十日《とつきとおか》で生まれている。

元右衛門も、よもやと案じていたことだった。

十蔵は二十歳まえであるにもかかわらず、老成した者のごとき話しようであった。

まをおき、元右衛門は問うた。

――なにがお望みにございましょう。

——女中をてごめにした。三人めだ。父上も、さすがに堪忍袋の緒がきれたようだ。親子の縁をきるゆえ、でていけとの仰せであった。ここよりほかにたよるところがない。

身勝手なとの思いが顔にでるのを、元右衛門はかろうじてこらえた。

——町道場へかよっておられるとうかがっております。

——師にご迷惑をおかけするわけにはゆかぬ。

そんな義理はない。むしろ、どの面《つら》さげてこられたのだと罵倒してやりたい。だが、十蔵にはまるでわるびれたようすがなく、むしろ恬淡《てんたん》としていて、どこか他人事のようであった。

元右衛門がこたえかねていると、十蔵が言った。

——あの寮でもかまわぬが、そのほうがいやであろう。しばらく、そうだな、半年ほど、武者修行の旅にでようと思う。武者修行であれば手形はいらぬ。その金子《きんす》を用立ててもらえぬか。そのまま帰ってこぬかもしれぬ。

すくなくとも半年の猶予ができる。うまくすれば、このまま二度と顔を見ずにすむ。

元右衛門は承知し、切餅《きりもち》（二十五両）を袱紗《ふくさ》につつんでわたした。

五日ほどがすぎ、お屋敷のご用人がたずねてきた。

——一昨日《いっさくじつ》朝、若がご出立《しゅったつ》なされた。長谷堂どのがご厚誼《こうぎ》に、殿もいたくご満足であらせられる。ついては、若よりのたっての願いでもあり、向後は屋敷で入用な太物いっさいを長谷堂にたのみたいが、いかがでござろうか。

元右衛門は、畳に両手をついて礼を述べた。

十蔵が気づかいをしめしてくれたのが意外であった。ならば武者修行の費用をだしてやればよいとの思いが脳裡《のうり》にうかんだが、事情があってのことであろうし、いらざる詮索である。

最上家からも羽州屋をとおしてねぎらいの言葉があった。親類の厄介者だったということだ。

そういうことかと、元右衛門は得心した。名門最上家へのてまえもあって勘当した。したがって、二十五両を返すわけにはいかない。そのぶんを太物の入用でつぐなおうというのだ。

損得勘定をはたらかせた。みのの〻ことは考えるだに腹がたつ。おそらくはそれをふくめての十蔵なりの詫《わ》びなのだ。わるい取引ではない。

元右衛門は、須崎村の寮を売り、金杉村にてごろな寮を見つけた。

十蔵がもどってきたのは一年ちかくたってからであった。

夕刻、旅姿であらわれた十蔵は、陽に焼け、別人かと思うほど精悍《せいかん》な容貌《ようぼう》になっていた。

十蔵の置き土産だけでなく、婿養子さきとその親戚も紹介してもらい得意先が三屋敷にふえていた。

元右衛門は、笑みをうかべて客間へ案内した。

旅の話を聞いていると、あわただしく手代がやってきた。

また亀助《かめすけ》がきて、旦那さまを呼べとさわいでおりますという。

何者だ、と十蔵が訊いた。大伝馬塩町《おおでんましおちょう》の裏店に住むようになったならず者で、十手をみせびらかしてゆすりたかりをいたすので困っております、と元右衛門はこたえた。

十蔵が脇の刀を手にした。

元右衛門は、うながされるままさきになった。

店にでていくと、板間に腰かけていた亀助がふり返り、立ちあがった。襟《えり》をはだけぎみの懐から十手をだして十蔵を睨《ね》めつけた。

――用心棒はひっこんでな。

十蔵が、刀を腰にさして板間から土間におりた。亀助が侮蔑の嗤《わら》いで口端《こうたん》をゆがめる。

いきなりだった。十蔵が、亀助のふところにとびこむなり、十手をもっている右手首をつかんで、背中へひねりあげた。

——な、なにしやがる。ただじゃおかねえ。

——うるさい。

十蔵が、手首をさらにあげて十手をうばった。

——誰の手先だ。八丁堀か、火盗改か。その者のもとへ案内《あない》いたせ。まちがいなく手先であれば、しかと意見してつかわす。手先をかたっておるのであれば、お上《かみ》をたばかる不届き者、町奉行所へつきだす。

亀助が、片眼をしかめている。

——さあ、ゆくぞ。

——か、勘弁しておくんなさい。申しわけございやせんでした。

——詫びてすむか。

十蔵が、十手を小指と薬指のあいだにいれて指さきをにぎる。

——痛《いて》えっ。お、折れちまう。

――旅よりもどってまいったらおまえのごときろくでなしがたかっておる。また顔をだしたら、住まいへまいり、小指を折る。それでも懲りぬなら、薬指だ。右手の指を五本折ったら、つぎは左手だ。わかったか。

――へ、へい。

十蔵が亀助をつきはなした。

ふり返った亀助に十手をほうりなげる。亀助が右手でうけとりそこねた。土間におちた十手を左手でひろい、逃げるように去っていった。

客間にもどった元右衛門は、ふかぶかと低頭して礼を述べ、用意してある住まいには明日《あす》ご案内いたします、今宵はどうぞお泊まりください、と言った。

「……くわしく話した理由《わけ》はさっしてると思うが、房次と山形屋の一件には十蔵ばかりでなく亀助もからんでる」

元右衛門は、なにかと十蔵をたよりにするようになった。手代を使いにやってきてもらったり、金杉村へたずねることもあった。

羽州屋の先代が他界した。羽州屋先代は、疎遠であった山形屋と親戚の誼《よしみ》をむすぶつもりで元右衛門の父親と相談して縁組をすすめた。

長谷堂先代は子だくさんであった。男、男、男、女、女、女と六人の子をえた。しかし、長男、次男、長女が幼いころに流行病で亡くなり、次女は三歳の春さえむかえることができなかった。

その父親も、羽州屋先代の翌年に他界した。実父の死であり、里帰りをしたみのはさめざめと泣いた。幼い姪のかよは、なるほど父親の五郎兵衛より藤巻十蔵に眼のあたりが似ていた。かよとともにのこったみのから、山形屋が地所をもちかなり裕福であるのを聞いた。

亀助の一件がひろまり、十蔵は通りの大店から大枚をもちはこぶおりなどの用心棒をたのまれるようになった。そして、いつのまにか亀助を手先のごとくつかっていた。理由《わけ》を問うと、火盗改のまねごとよ、とこたえた。亀助は火盗改同心のもとへも出入りしていた。

さらに、十蔵は、下谷《したや》の寺にある出茶屋の看板娘をやめさせて寮でおのれの世話をさせた。

十蔵には大身旗本子息としてのひととおりの学問がそなわっている。いやな顔をせずに愚痴を聞いてくれ、思わぬことを教えてもらうことがあった。

ある日、いつものように仕出の重箱と角樽《つのだる》をもって駕籠《かご》で寮をたずねた。

数日まえに暖簾をしまった店がある。浮き沈みは世の常であり、他人事《ひとごと》ではない。

元右衛門は、長谷堂も羽州屋も地所を借りているのに、山形屋はとなりと裏店までふくめた地所持ちであり、ほかにも二箇所あるので太物の商いにかかわりなく内証がゆたかであることをなげいた。

ならば奪えばよい、と十蔵が言った。

まったく考えなかったわけではない。山形屋がある伊沢町の地所はよい。だが、冬木町と三十三間堂町の地所は羽州屋と長谷堂がもらってもよいのではないか。さすれば、商いにゆとりができる。

十蔵がつづけた。

――山形屋の娘の婿にできる者はおるか。

――羽州屋は次男が早くに亡くなり、三男の秀三郎がおります。ですが、ご承知のごとく手前の妹みのは羽州屋の娘として嫁いでおります。

――なら、とりあえず許嫁《いいなずけ》の約《やく》をかわしておけばよかろう。年ごろになれば、羽州屋の秀三郎を長谷堂の養子にして婿にやる。そして、ころあいをみて、わずかずつ毒を飲ませて山形屋の命をちぢめる。長谷堂と羽州屋とは若夫婦《めおと》の実家《さと》であり、育ててもらった礼と、向後の親戚づきあいをかねて地所を一箇所ずつゆずる。筋がとおっておろう。

——できますでしょうか。

——大名家になにゆえ毒味役がおると思う。表沙汰にはなっておらぬが、じっさいに毒をもられたのが幾人もおるからであろうが。

——あらためてまた相談させていただきます。

「……羽州屋も長谷堂も地借りなのは、商いがさほど繁盛していないってことだ。地所をもち、地借り賃がはいるようになれば心強《づえ》え。元右衛門は羽州屋儀兵衛にもちかけた。儀兵衛はのりきだった。ふたりで寮をたずねて十蔵と相談した。それからはさそいあって寮へでかけるようになった。あとはうまくいっていた。正月と盂蘭盆会《うらぼんえ》は親戚づきあいもするようになった。ところが、去年の秋、五郎兵衛が長谷堂をたずねてきた。ちかくまできたのでとのことだった。そのおり、娘のかよは祖父似だと申しておりますが、と言った。元右衛門は似ておりますとほほえんだが、内心はどきっとした」

「神田明神で房次母のとみと会って房次がことをたのまれ、その場ではかるくひきうけたが、あとになって疑念にとらわれたのでありますまいか」

喜平次がうなずいた。

「この正月もなんとなくようすがおかしかった。元右衛門は儀兵衛や十蔵と相談し、五郎兵衛をゆるりと話がしたいからと泊まりがけで羽州屋の寮にさそった」

十蔵の指図であった。日と刻限は五郎兵衛に決めさせ、元右衛門が屋根船でむかえにいくことにした。

昨年の秋から、十蔵が五郎兵衛の周辺を亀助にさぐらせていた。

正月九日も、寮に行くまえに青柳《あおやぎ》という料理茶屋で座敷をとって、ひいきの房次をおさえていた。

寄合や客をまねかねばならぬのではない。なにゆえでかけるまえに芸者と会わねばならぬのか。

十蔵が疑念をいだいた。

「……五郎兵衛は羽州屋の寮へ行くんを娘夫婦や奉公人に話しちゃいねえ。信じてなかったんだな。だから、たぶん泊まらずに帰《けえ》るつもりでいた。ここで、小糸がでてくる」

羽州屋と長谷堂は、山谷や向島の料理茶屋をつかうさいは小糸を呼んでいた。寄合などでもひいきの芸者を訊かれるので小糸を名指した。小糸も、正月には挨拶をかかさなかった。

小糸がつかえると知った十蔵が、万一にそなえてふたりがでたあとの座敷をさぐらせるよう命じた。

十蔵は大身旗本家で躾《しつ》けられている。年齢《とし》も四十二であり、羽織袴姿は大名家の留《る》守《す》居《い》役か身分ある旗本に見える。

通りには、軒下《のきした》のところどころに半畳幅の緋《ひ》毛氈《もうせん》を敷いた腰掛台がおいてある。ひと休みする客のためだ。酔いざましにしばし冷たい夜風にあたる者もいる。

十蔵は腰掛台にすわり、青柳からでてきた山形屋五郎兵衛らしき商人と芸者と女将を見ていた。五郎兵衛が背をむけ、女将と房次が青柳にもどった。

ほどなく、青柳から小糸がでてきた。十蔵は、脇の刀をとって立ちあがった。青柳のまえで待っていた小糸が、半歩斜めうしろをついてくる。

芸者が客と去っていく。入堀通りではありふれている。見つめるのは無粋であり、武家だととがめられることにもなりかねない。

猪ノ口橋を背にしたところで、十蔵が訊いた。

――いかがした。

――廊下をゆきかう者があり、座敷にはいることができませんでした。ようやくはいりますと、煙草入《たばこいれ》がありました。なかに、煙草ではなくおりたたんだ半紙がはいっておりました。廊下をいそぎ足でやってくる者がおりましたので、煙草入を袖《そで》におとし、帯の背から守り刀をだしました。障子をあけてはいってきた芸者がわたくしを見て声をあげそうになりましたので、やむをえず。

――武士の娘であろう、気をたしかにもて。息をふかく吸ってゆっくりとはくのをくりかえすがよい。煙草入をこれへ。

十蔵は左手をうしろへだした。

わたされた煙草入からおられた半紙をだす。提灯をもっていない。居酒屋の掛行灯《かけあんどん》のそばで眼をとおして懐にしまった。

わが身になにかあれば、房次の前借をすべてはらってやり、姉の長男に冬木町の地所を、次男に三十三間堂町の地所をゆずるものとするむねがしるされ、名と血判《けっぱん》があった。

「……元右衛門は、懇意のお旗本と芸者とを山谷堀まで送らねばならねえんでと五郎兵衛を待たせてた。これも十蔵の考《かんげ》えでな、てめえの顔を見た五郎兵衛のようすからこのあとどうするかきめるつもりだったらしい。だが、小糸が房次を殺したことと、書付とですべてがかわった」

十蔵は船頭の蓑助に大川のまんなかをいくように命じて、小糸とともに舳《みよし》からのって座敷の上座についた。下座の五郎兵衛が顔を盗み見していたが、気づかぬふりをした。

油堀《あぶら》から大川にでた。十蔵は腰からぬいた扇子《せんす》をひろげ、小糸に耳をかせと言った。

——合図したら、おまえは右の行灯を吹き消せ。左はわしが吹き消す。

——わかりました。

小糸が死を覚悟したであろうことを、十蔵は見てとった。

吾妻《あずま》橋をすぎ、源森川がちかくなったところで、十蔵は立ちあがって座敷なかほど左舷におかれた行灯を吹き消した。おなじく、小糸が右の行灯を消す。

舳の柱にある掛行灯のあかりだけになった。

ふいのできごとに言葉を失っている五郎兵衛の両襟をつかんで立たせる。右舷へひっぱる。障子をあける。

——な、なにを……。

左手で帯をにぎり、五郎兵衛の上体を川へつっこむ。手をばたつかせたが、すぐにうごかなくなった。

十蔵は、死んだ五郎兵衛を川に投げすてた。障子をしめ、舳の行灯でこれを読んでみろ、と半紙を元右衛門にわたした。

船頭の蓑助には脅しと口止めをして小糸とともに帰し、十蔵と元右衛門と儀兵衛は寮で向後の相談をした。

小糸は自害したがった。房次を殺《あや》め、五郎兵衛殺しにも手をかしている。だが、自害すれば房次殺しを疑われ、ひいては羽州屋に迷惑がおよぶとさとされ、思いとどまっていた。

「……蓑助を殺したんは十蔵だ。蓑助のようすをいぶかしんだ嬶《かかあ》が、女ができたんじゃねえかってさわぎだした。いつまでしらをきっておれるかと、蓑助が小糸に弱音をもらした。なにかあれば報せるよう言われていた小糸が羽州屋に告げた」

山谷堀の桟橋で、のってきた十蔵が、話があると蓑助を座敷に呼んだ。あらかじめ、小糸が隠し所から蓑助の匕首《あいくち》をとりだしていた。

十蔵が、蓑助の喉を匕首で突き刺したのを見とどけ、小糸は守り刀で胸を突いて自害した。

蓑助が小糸を殺してみずから命を絶ったかのごとくみせかける細工であった。羽州屋に累をおよぼさぬためだ。

十蔵は、守り刀を山谷堀に投げ捨て、灯りを消し、吉原へ行った。

「……こっちの落度は亀助を見おとしたことよ。二十七日、羽州屋儀兵衛と長谷堂元右衛門は藤巻十蔵に呼ばれた。町方が眼えつけたようだから山形城下へ墓参りに行け。ようすは城下の本家へ報せる。羽州屋と長谷堂のほかに、金杉村の寮も捕方がむかった。が、姿をくらましていた。亀助の住まいはあらためて捕方がむかったが、いるわけがねえ。とりあえず、こんなとこかな。遅くなっちまった、帰《けえ》っていいぜ」

「失礼いたしまする」

覚山は、持参した小田原提灯に火をもらい、帰路についた。

おおかたの筋道はつかめた。おのれごときによくあそこまで話してくれたと思う。

よねは待っていた。あたためなおした夜食をすませ、夜五ツ（八時）の鐘で見まわりにでた。

入堀をまわり、猪ノ口橋をおりていくと、右斜めまえの路地から羽織袴姿の武士がでてきた。

覚山は、立ちどまった。

むぞうさにちかづいてきた四十年輩の武士が言った。

「九頭竜覚山だな」

「いかにも。そこもとは」

「藤巻十蔵。おぬしが町方によけいな智恵をつけねばうまくいった」

十蔵が、羽織の紐《ひも》をほどく。

「なにゆえ長谷堂にそこまで肩入れいたす」

「おれはろくでなしだが、恩知らずではない。もう知っておろう、妹にひどいことをされたにもかかわらず、元右衛門は黙って二十五両もの大枚をだした。それに、山形屋に実の子かとうたがいの眼で見られてはわが娘が哀れだ。したくしろ」

覚山は、ぬいだ羽織をまるめて柳の根元においた。入堀通りを数名の人影がやってくる。野次馬だ。

腰をのばしてふり返る。

十蔵が抜刀。

覚山は、二尺三寸（約六九センチメートル）の加賀を抜いた。

青眼にとる。

無言の気合を発して十蔵がとびこんできた。白刃を青眼から下段に振って燕《つばめ》返し。

加賀を弾きあげんとする。

鎬《しのぎ》をぶつけ、小手《こて》を狙う。

十蔵が跳びすさる。

覚山は、すっと詰めた。

突きにいく。

白刃が弾きにくる。

捲《ま》きあげる。たがいの切っ先が蒼穹を刺す。白刃が薪割りに落下。加賀は雷光の疾《はや》さで袈裟に奔る。十蔵の左腕を両断。左肩に切っ先が消える。左足を引き、斬りさげる。心の臓を断たれ、眼から光が失せる。

十蔵が右肩から崩れ落ちる。

覚山は、口をすぼめ、息をはきだした。

残心の構えを解き、懐紙で刀身をていねいにぬぐう。加賀を鞘にもどし、羽織をとって万松亭へいそいだ。

長兵衛が自身番屋へ使いを走らせた。

しばらくして駆けつけてきた喜平次に、覚山はあらましを語った。

喜平次が言った。

「わかった。おめえさんは帰《けえ》っていい」

覚山は、礼を述べ、小田原提灯をもって住まいにもどった。

翌々日の明六ツ（六時）を小半刻（三十分）ばかりすぎたころ、三吉がおとないをいれた。空は曇っていたが、三吉は笑顔であった。

覚山は、むすび文をうけとり、居間へもどった。

長火鉢をまえに膝をおって喜平次からのむすび文をひらく。

心配無用、としるされていた。

覚山は、よねにほほえんだ。

「心配せずともよいとある。腹を切らずにすんだ」

「よかった」

よねの両眼から涙がこぼれる。

縁側の障子をあけてある。

小雨がおちてきた。雨の糸が春風にながれた。

おのれをもてあまし、素行がもとで養子の口さえかからなかったであろう十蔵。まきぞえで死んだ房次。親の恩義という重荷を背負った小糸。

覚山は、春の小雨を見ていた。

本書は文庫書下ろし作品です。

|著者|荒崎一海　1950年沖縄県生まれ。出版社勤務を経て、2005年に時代小説作家としてデビュー。著書に「闇を斬る」「宗元寺隼人密命帖」シリーズなど。たしかな考証に裏打ちされたこまやかな江戸の描写に定評がある。

門前仲町《もんぜんなかちょう》　九頭竜覚山《くずりゅうかくざん》　浮世綴《うきよつづり》(一)

荒崎一海《あらさきかずみ》

講談社文庫

定価はカバーに
表示してあります

2018年4月13日第1刷発行

発行者——渡瀬昌彦
発行所——株式会社　講談社
東京都文京区音羽2-12-21　〒112-8001
電話　出版（03）5395-3510
　　　販売（03）5395-5817
　　　業務（03）5395-3615

Printed in Japan

デザイン—菊地信義
本文データ制作—講談社デジタル製作
印刷———大日本印刷株式会社
製本———大日本印刷株式会社

ISBN978-4-06-293911-9

講談社文庫刊行の辞

二十一世紀の到来を目睫に望みながら、われわれはいま、人類史上かつて例を見ない巨大な転換期をむかえようとしている。

世界も、日本も、激動の予兆に対する期待とおののきを内に蔵して、未知の時代に歩み入ろうとしている。このときにあたり、創業の人野間清治の「ナショナル・エデュケイター」への志を現代に甦らせようと意図して、われわれはここに古今の文芸作品はいうまでもなく、ひろく人文・社会・自然の諸科学から東西の名著を網羅する、新しい綜合文庫の発刊を決意した。

激動の転換期はまた断絶の時代である。われわれは戦後二十五年間の出版文化のありかたへの深い反省をこめて、この断絶の時代にあえて人間的な持続を求めようとする。いたずらに浮薄な商業主義のあだ花を追い求めることなく、長期にわたって良書に生命をあたえようとつとめるところにしか、今後の出版文化の真の繁栄はあり得ないと信じるからである。

同時にわれわれはこの綜合文庫の刊行を通じて、人文・社会・自然の諸科学が、結局人間の学にほかならないことを立証しようと願っている。かつて知識とは、「汝自身を知る」ことにつきていた。現代社会の瑣末な情報の氾濫のなかから、力強い知識の源泉を掘り起し、技術文明のただなかに、生きた人間の姿を復活させること。それこそわれわれの切なる希求である。

われわれは権威に盲従せず、俗流に媚びることなく、渾然一体となって日本の「草の根」をかたちづくる若く新しい世代の人々に、心をこめてこの新しい綜合文庫をおくり届けたい。それは知識の泉であるとともに感受性のふるさとであり、もっとも有機的に組織され、社会に開かれた万人のための大学をめざしている。大方の支援と協力を衷心より切望してやまない。

一九七一年七月

野間省一

講談社文庫 最新刊